U0599242

黄德海 著

世间文章

作家出版社

黄德海

《思南文学选刊》副主编，中国现代文学馆特聘研究员。著有《诗经消息》《书到今生读已迟》《驯养生活》等。曾获第八届唐弢青年文学研究奖、第十七届华语文学传媒盛典·年度文学评论家、第三届山花文学双年奖·散文奖。

迷阳迷阳，无伤吾行。吾行却曲，无伤吾足。

——《庄子·人间世》

目录

附 录

从圣哲说到剑宗（代序）

一

　　大学的时候，我们宿舍里住着八个人，性情各如其面。就中老七是个书呆子，每天晚上熄了灯，还点上蜡烛看一两个小时的书，以致蜡烛把靠近床头的墙壁熏得乌黑。每到学校检查的时候，老七就把那面墙壁用布擦净，糊上白纸，再把一摞书垒起来遮住熏黑的部分，也每每让他蒙混过去。到毕业的时候，宿舍快搬空了，那面时常遮起来的墙壁黑得分外刺目，并因为经常用布去擦，一直熏着的部分形成了一个长条形凹槽，仿佛蜡烛和它的光晕一起，又另外形成了一支更大的黑色蜡烛。

　　很惭愧，那个书呆子就是我。更惭愧的是，当时读书并非因为自觉，而是出于自卑激发的盲目狂热，每天按计划阅读不同类型的书，除了功课，上午哲学，下午历史，晚上文学，期望计日程功，有朝一日变得博学多闻。早晨伴着咸腥的海风出发，晚上在隐约的涛声中归来，我当时的想法是，等有一天把各类书目上的书读过一遍，眼前这个纷繁的世界一定会显露出她真实而美好的面目，跟我每天身处其中的这个并不相同。那些书并没有因为一个少年的懵懂异想就轻易打开自己厚重的大门，约略读懂的几本书，让我看到的也并非想象中的美好。终于在过了一段时间后，读书贪求症的坏作用显现，我不光没有读懂那些书，甚至连平常的阅读乐趣也失掉了。

有一阵子，除了偶尔读点闲书，我几乎废书不观。直到有一天，我翻到了金克木的一本小册子。小册子里收有一篇题为《〈存在与虚无〉·〈逻辑哲学论〉·〈心经〉》的文章，第二段即说："哲学难，读哲学书难，读外国哲学书的译本更难。"我仿佛预感到了一点什么。果然，下面就是这样一段话："（西方）大学有一道门限。这不是答题而是一种要求。教授讲课只讲门限以内的。如果门限以外的你还没走过，是'飞跃'进来的，那只好请你去补课了，否则你不懂是活该。"我这才恍然，自己所得有限的一个重要原因，是一直站在书的门槛之外。不事先摸到作为关键的门槛，槛内的瑰伟之观不会自然呈现，焚膏继晷差不多等于费精力于无用之地。

这个门槛，或许最简单的是明白所读字词的确切意思，而这个明白，其实并不那么容易。比如金克木写于三十岁的一本小书《甘地论》，就说到了我本来以为明白的"不抵抗主义"："甘地所主张者并无主义之名，只是古印度的信条之一，这个古梵字 Ahimsa 照英译改为中文，可称'非暴力'。但在佛教小乘说一切有部的七十五法中有此一法，真谛玄奘二师皆译为'不害'……意思就是不用暴力害人。名字虽是消极的，甘地应用起来却是积极的。他将这信条大肆扩充，化为有血有肉的运动……其古梵字 Satyagraha 的名称，依我们古译，应为'谛持'或'谛执'。谛者真理，持者坚持，即坚持真理之意。为显明起见，再加运动二字。其英文译名应译为'文明反抗'，意即不用武力而反抗，另一名字即为世界俱知的'不合作运动'。"

没错，我们自以为很清楚的甘地主张，确切的译法应该是"不害主义"，"不抵抗主义"是当年别有用心者的歪曲。这个看起来消极的"不害主义"，让当时的印度慢慢生出了自己的力量，既不奢望依靠外力，也不激愤地诉诸武力，而是"在大家都不注意的地方，就人民生活的痛切处，一点一滴做起来，使完全丧失了自信心的可怜的穷人，恢复自力得食的方法，使专尚空谈的聪明人有切实可行的事来证明他真正要到民间去为人民服务"，因此殖民地印度"处于完全没有外援希望，而自身又有种种缺点的情况下，锻炼出一股自己的力量来"。这也就怪不得甘地相信，"不害主义比暴力主义好得不知多少倍，宽恕比惩罚更显得有丈夫气"；也就怪不得有人说，看似柔弱的甘地，"直起直落，至大至刚，所谓金刚（伐日罗），庶几近之"。

似乎绕得有点远了，我其实想说，甘地的这个"不害主义"，应该不只是在面对外在强势力量时有作用，对每个人面对世界的方式也该有所启发。或者，即便不考虑这些，在开始一次可能不算轻松的跋涉之前，心里面先有个至大至刚的"圣哲"之象，应该也不是什么坏事。

二

必须得承认，读金克木的文章之前，我觉得甘地不过是奇特宗教的古怪领袖，像任何我们不了解地区出现了拥有巨大声名的人，觉得不过是一个善用"不一样"这一特殊形式的人而已。《甘地论》完全改变了我因认知缺陷而来的自以为是，让我就此意识到，任何没有深入具体的认识或学问，差不多只能算无意义的智力游戏，即便再怎样引起万众响应的效果，也跟我们的身心和置身的世界无关，值不得在上面花费太多精力——我知道这样的说法在现今属于学术不正确的范围，不过，学以为己，其为人乎？把自己的精力收束到最值得用心的地方，本来就是古代学问中关键的"择学"之道，此外或许并没有什么称为学问的东西。

如果只是在头脑中看取概念的来去，弄不好会跳脱时空，犯脱离切实具体的错误。怀特海《科学与近代世界》讨论过一个词，Fallacy of misplaced concreteness，有人将其译为"错置具体感的谬误"，并解释说："一个东西本身有其特殊性：它不是这个，也不是那个；它就是它。它有本身的特性；但，如果把它放错了地方，我们却觉得它的特殊性被误解，给予我们的具体感也就不是与它的特性有关了。换句话说，它本来没有这个特性，但因为它被放错了地方，我们却觉得它有这个特性。"把错置的具体感拨乱反之正，使事物回到它本来该在的位置，理解便容易透入肌理，比如甘地倡导的"不害主义"，比如近代以来聚讼纷纭的《水经注》"戴袭赵"案。

这桩公案，是赵一清和戴震皆校勘《水经注》，而内容大体相同，二者之间是否有抄袭关系的问题。尽管有胡适后半生（1943—1962）勠力为戴震辩白，我看如果不是戴震名声太大，后来者爱护太甚，即便不用严格的现代学术标准，只参照乾嘉之学自身的规矩（未必不严格，只是与现代标准不一样），恐怕也难以推翻1930年代几成的定谳："盖赵一清、戴震二人所校，大体相同。赵成书于乾隆甲戌（1754），戴书成于乙酉（1765），相距十二年，赵先于戴；戴书出于甲午（1774），赵书出于丙午（1786），相距十三年，戴先于赵；又赵书每校，必记出处，而戴校则不记来源……此公案之关键实在于戴校不注明出处，假令戴书一一记其来源，何有后世之聚讼？错在戴氏剿他人之功以为己有……今得戴氏见赵书自供之辞，虽百喙亦不能解之，而戴、赵公案可以判决矣。"以上证据可总成三条，按成书时间，赵书早于戴书；按出书时间，则戴书早于赵书；赵的校勘，必有出处，而戴则无之。三条之间，因出书时间一条对戴有利，需有二者谁曾看到过对方之书的证明，恰好又有戴自记曾读赵书的记录（《河渠书·卷一·唐河》："杭人赵一清补注《水经》，于地理学甚贱。"），则铁案几不能翻。

铁案如山，是不是戴震就没有一点冤枉了呢？怕也未必。金克木有《秋菊·戴震》一文，写戴震老先生现于梦中，开头就抱屈："我含冤两百载，无处打官司，难得今天两心感应，能同你相见……状子不能写，问你几句话。"在戴震的自述中，事情得从全祖望谈起。因为全祖望不忘先世，辑先朝史事未能上体圣心，因此受贬放了知县，却不到任，此后便不做官。"全祖望校《水经注》，赵一清接着他校成功了。两人都是浙江人。省里呈上校本要入四库。这怎么能容得？非压在下面不可。"就在这样的情形下，戴震由纪晓岚推荐，经皇帝恩准校《水经注》，虽然时间紧任务重，"幸而我有原来的底子，不到一年就校完誊录上交，并且遵照纪大人之意，只说是依据《大典》本，其他一概不提。本来学问之道譬如积薪，后来居上，在下面的做垫底是自然之理。我问你，纪大人是贬去过边塞效力的，我只是个小小举人，有天大的胆子，几个百口之家，敢上冒天威犯欺君（按指抄袭）大罪？"

接着，戴老先生讲起自己当时的各种不得已："纪大人和我都明白，此乃天意，非人力也。就连我的《原善》及《孟子字义疏证》和纪大人的《阅微草堂笔记》都说理学杀人，也是上合天心的。圣朝正在倡导理学，若非仰体天心，我们斗胆也不敢这样公然著书立说。后人只看诏令、实录、官书、私记等表面文章，怎知天威莫测，宦途艰险，处处有难言之隐？"雷霆雨露交加，天色阴晴不定，戴老先生本已

6

战战兢兢，有苦难言，没承想时代嬗变，具体的背景抽离，"不过百年，后人读全、赵校本竟以后世目光窥测，不明前代因由，加罪于我，责我吞没。我有冤无处诉，打官司无可告之人"。到底气难平，只好托梦吐心迹，感应说隐衷。

虽然未必是唯一的理解方式，但把"戴袭赵"一案放在这样的具体里去观察，就容易看出问题的特殊性，不致陷入缺乏同情的正义感，也能意识到某些通常判断中的似是而非。或许需要提醒的是，这里说的具体，并非细节，而是跟每个事物相关的特殊情境。如果能够小心谨慎地避免"错置具体感的谬误"，认真体察每一个不同的特殊，或许会意识到作品中更为具体的文心——那几乎渗透到每一篇文章中去的精纯思考。

三

我选编金克木文章的时候，曾虚设过一次两人见面的场景，照例由金先生发问："你读我的文章，编我的书，对我极尽刨根问底之能事，究竟想做什么？难道要辨识出我的精神 DNA？我已是古旧人物，退出了历史舞台，难道你要拉我进入现在的话语系统，让我死而难朽，讨论你们时髦的话题？"我熟悉老先生的这种语调，便径直问他道："你自己解说韩愈的《送董邵南序》，挖他的言外之意，不是探索他老人家的精神 DNA，找出他的思维结构？"老先生听到这反问，便不理我的话，顾自背诵起《送董邵南序》来，语调苍茫，一波三折，跟我当年读的感觉完全不同——

　　燕赵古称多慷慨悲歌之士。董生举进士，连不得志于有司，怀抱利器，郁郁适兹土。吾知其必有合也。

　　董生勉乎哉！

　　夫以子之不遇时，苟慕义强仁者皆爱惜焉。矧燕赵之士出乎其性者哉？

　　然吾尝闻风俗与化移易，吾恶知其今不异于古所云耶？聊以吾子之行卜之也。

　　董生勉乎哉！

　　吾因子有所感矣。为我吊望诸君之墓，而观于其市，复有昔时屠狗者乎？为我谢曰："明天子在上，可以出而仕矣。"

　　待背诵完毕，我刚要开口问点什么，老先生已经横握着手杖，走出很远了。好在有他的《与文对话：〈送董邵南序〉》在，我也没有急着去追赶，便琢磨起文章来。

　　董邵南中了进士，却不得主事者的重用，只得怀抱满腹学问，郁郁寡欢跑到燕赵（今河北、山西一带）之地去。过去一直说那里多慷慨悲歌之士，董邵南去了，既有块垒不平的心志，必然会为那里人所器重。以董生的时运不济，努力于仁义的人都会爱惜，何况那些生性慷慨的人呢？一、三两段之间的"董生勉乎哉"，是理直气壮的鼓励，类似于诗歌巧妙的换行，上下两句的意思紧紧围拢住这一句——至此，文中的话全是勉励对吧？然而，此下语气陡转，似乎哪里有点儿不对了——但我听说一个地方的风俗会变，燕赵之地的慷慨悲歌之士还有吗？不妨就以你此行作为占卜，看看是不是这样吧？话说到这里，已经是疑惑了，因此后面重复的"董生勉乎哉"就确切地不是勉励，而是要求勉力了。文章到此本可以结束，但不知为什么，韩老夫子又不惮烦地加了后面的一段话，并且声明是因为董生（因子）而有所感。

我在《古文观止》里读到这文章的时候，取其字少，摇头晃脑地背诵一过，心里滋长着"燕赵古称多慷慨悲歌之士"的意气，脑子里不断回响着"董生勉乎哉"的调子，完全没有想过"明天子在上，可以出而仕矣"与这意气和调子的矛盾，也没有想过里面的"士"究竟是什么人物，只沉醉在文辞的铿锵里。金克木的文章提醒了我，"望诸君"是乐毅，"屠狗者"是高渐离，"燕国乐将军有那么大的功劳，打破齐国，攻下七十余城，后来与管仲并称'管乐'，诸葛亮都佩服他，'自比管乐'。可是功太大了，被国君怀疑，不得不逃奔赵国，挂虚名'望诸君'，死在赵国。高渐离会打击乐器，屠狗卖肉，是荆轲的朋友，也是刺秦王不成而死。韩老夫子开口称赞的燕赵之'士'古时就是这样倒霉，现在又怎么样？……乐毅、高渐离都触尽霉头，董生你还去燕赵干什么？这不过是着重说出'明天子在上'。"

哦，怪不得金先生背诵此文时语调跟我不同。这不禁让我起疑，很多看起来慷慨任气的文章，内里可能并非如此，只是某种广泛意志的花样传播，当不得真，也做不得数。不管怎样，《送董邵南序》真是属于中国的奇妙文章："这篇文明是送行，实是挽留。一口一声说'勉乎哉'，实际是说，要考虑啊！要慎重啊！话是这一样，意思又是另一样，意在言外，又在言内，先似正实反，后似反实正。总之是不管艰难挫折，不可丧失信心，'忠'字第一，个人只有服从命运。全文几乎是一句一转，指东说西，可意会而不可言传。这就是中国自《春秋》以来的传统文体文风吧？就我的浅陋所知，好像是外国极少有的。"不用说文采，只赖这文心，韩愈真的该在"正统"中稳坐唐宋八家的首席对吧？这也就怪不得苏轼在《潮州韩文公庙碑》中称他"文起八代之衰"，孱弱的东汉、魏、晋、宋、齐、梁、陈、隋，当然需要雄强的唐王朝振衰起废不是？

看懂了韩愈老先生的部分心思，恐怕他那句收入无数选本的"大凡物不得其平则鸣"（《送孟东野序》），就得重新考虑隐含的意思，而那首曾经进入八仙韩湘子传说的《左迁至蓝关示侄孙湘》，几乎不待解释就能明白出世的神仙家用此的意图——

> 一封朝奏九重天，夕贬潮阳路八千。
> 本为圣朝除弊政，敢将衰朽惜残年。
> 云横秦岭家何在，雪拥蓝关马不前。
> 知汝远来应有意，好收吾骨瘴江边。

剩下的问题是，如果韩愈生活在现在，面对今天的广泛意志，他还会不会写？如果写，又会写什么，用什么方式写？他内里的文心是否有变？金克木果然也如此发问："若在今天，您会不会再写一篇送人出国序呢？您会怎么说呢？还要请他替你去凭吊华盛顿、林肯之墓吗？去访吉田松阴被囚之地吗？到街头去找卢梭，到小饭馆里去遇舒伯特吗？既然知道'风俗与化移易'，今人非古人，也就不必再写文章了吧？"

四

传世本《老子》第十四章，结尾为"执古之道，以御今之有，能知古始，是谓道纪"。1973 年马王堆出土的甲、乙两种帛书《老子》，此句均作"执今之道，以御今之有，能知古始，是谓道纪"。潘雨廷先生曾专门撰文解此"执今之道"："必须'执今之道，以御今之有'，此之谓'现在'。有此'现在'的概念，乃能理解'古代的现在'。古代更有古代，时时上推以知古始。以知古始者，所以知'古始的现在'。由'古始的现在'发展成'古代的现在'，由'古代的现在'发展成'近代的现在'，由'近代的现在'发展成'今日的现在'。""不知现在，又何以知古今；不知执今御今，又何以知现在。而现在何可得自执古御今。故唯得执今以御今的现在，始可与语执古以御古的史迹……何谓'今之道'？则曰能御今之所有者，是谓今之道。故唯得今之道者，乃能御今之有。且永远有不同的'今之有'，则'今之道'亦永远不同。执永不相同的'今之道'，庶可御永不相同的'今之有'。"

读到如此精妙的解说，真恨不得潘先生就《老子》的每一章都写这样一篇文章，那读起这本复杂的书来，岂不是省却诸多心力？可掩卷再思，或许这"执今之道"就是潘先生抉发的《老子》关键，一击而中便飘然远举，用不着像我想的这样死缠滥打。

如果不嫌比附，我很想说，金克木写《甘地论》时，心里应该一直有他的"执今"。首先是当时印度的"今"："那时太平洋大战爆发，印度在中国成为热门话题，而老甘地又以'反战'罪名入狱。我便写了一些对话说明事实真相是印度人要求独立，要求英国交出政权，并澄清对所谓'甘地主义'的误会。"不止如此，文章也直接关涉当时中国的"今"，一是中国面临抗战，因此"凡拥护抗战者都应当了解他（按指甘地），而且赞成他，即使不能全部赞成"；二是"无论就历史文化上溯几千年或只限于当前的实际情形，我们都很容易懂得印度……讲古，我们可以深谈历史，你有《吠陀》与《奥义书》，我有诗书与周秦诸子，你读《薄伽梵歌》，我读《大学》《论语》。还不必谈你们早就没有了的佛教，因为那一方面你还得请教中国。讲今，我看把我国现代的有些问题，只换几个人名就可以映射印度"。

当然，《甘地论》只是牛刀小试，把古今聚于"现在"的方式，应该是金克木的基本思路。不用说他的书名有《旧学新知集》《探古新痕》《蜗角古今谈》，谈论也常涉古今通变："所读之书虽出于古而实存于今，就是传统。断而不传的不能算传统。所以这里说的古同时是今。"金克木从来不就古代论古代，就古书论古书，他关注的，始终是古代跟现在的相关度。去世前不久，金克木还在一篇文章中说："文化思想的历史变化是不受个人意志强迫转移的，也不听从帝王、教主的任意指挥。该断的续不上，不该断的砍不倒。有时出现老招牌、旧商标下卖新货，有时出现老古董换上超新面貌，加上超新包装。"因此，无论他的写作对象是什么，金克木都未忘"执今"，"所有对'过去'的解说都出于'现在'，而且都引向'未来'"。

最能体现金克木执今之道的，该是两篇写于晚年的神光离合文章，《九方子》和《三访九方子》。在金克木笔下，九方子真是神奇，一会儿从相马的九方皋变成为《春秋》写传的公羊高，一会儿又变成大闹天宫后保唐僧取经的孙悟空："九方皋、公羊高、孙悟空本是一个人……你想不到我给秦穆公找的天下之马就是公羊高讲的大一统，也就是孙悟空保唐僧取来的真经。佛经是幌子，掩盖着真经。唐僧回国送给皇帝一本《大唐西域记》，这不是天下吗？孙悟空天宫海底南海西天都到，不比天下还大吗？"这番话真不好懂，是金克木模仿奥维德写中国思想的《变形记》？还是他故意指鹿为马，测试我们的认知程度？说曹操曹操到，文章果然写到了指鹿为马:"这一句话奥妙无穷。你说是鹿,就是反对他。你说是马,就是说假话,可以利用,但不可信任。你说不知道,那是装糊涂,心怀鬼胎,更要不得。你不说话,必定另有想法,有阴谋,腹诽。一句话把所有的人都测出原形来了。真了不起。"

到底哪里了不起,我实在看不出来,看出来也不敢讲对——怪不得金克木说别人读不懂他的书。不过,还是有一点东西能知道,金克木一定是从这里看出了古今不变的一些什么,要不他也不会在后面写到计算机的零、一之变,感叹九方子这"两千五百岁的人果然能知道两千年以后的事",也不会说出下面这些更不好懂的话:"从我算到你,两千几百年,一年年,一月月,白天夜晚出了多少事?中国有编年的历史书。书里记载,讲的多是好话,做的多是坏事。骑的是马,偏叫做鹿。年年打仗,叫做太平。不懂这个,怎么懂过去那些话,那些事,那些人,又怎么懂得现在,怎么懂得未来?中国人的说法、想法最切近实际,有意把变说成不变。你们不发挥自己的这种长处,使千里马真正再大跃进一步,难道这也要让给外国人,自己只夸耀祖宗?"

噫,难懂难懂!果然是"一席谈古今,千秋论马羊"。

五

既然说到古今,就不免会想起,现今谈到学习古代文化，经常有这样的说法——我们怎么可能及得上古代人呢？古人四书五经都能背，小学功夫比我们扎实牢靠，现代人怎么可能在对古代的理解上超过他们？这样看来，目前的教育，尤其是自我教育，似乎毫无疑问地走在一条绝路上，只好在传统的巨大阴影之下拾人牙慧。被这样的说法折磨久了，我有时候很想说，以上说辞不过是无意义的抱怨，为自己的不够卓越预先找好了借口。但问题随之而来，不抱怨怎么做？前面说的难道不是真的困境？有什么办法可以脱离这个困境？真的有一种奇特的学习方式，可以解决前面提到的问题？

如果没看错，中国古代典籍的阅读问题，金克木很早就在思考了。1984年，金克木在《书读完了》中说："今天已经是无数、无量的信息蜂拥而来，再不能照从前那样的方式读书和求知识了。人类知识的现在和不久将来的情况同一个世纪以前的情况大不相同了。"如此情形下，"怎样对付这无穷无尽的书籍是个大问题。首先是要解决本世纪以前的已有的古书如何读的问题，然后再总结本世纪，跨入下一世纪"。当代年轻人"如何求学读书的问题特别严重、紧急。如果到十九世纪末的几千年来的书还压在他们头上，要求一本一本地去大量阅读，那几乎是等于不要求他们读书了"。问题并没有解决，对现代人来说，那些质量高、密度大、堡垒样坚固的古代典籍，恰当的进入方式是什么？

在金克木看来，较为切近的方法，是蔡邕《郭有道碑》中的"匪唯摭华，乃寻厥根"，也即老子"夫物芸芸，各复归其根"的方式——先找出作为传统思想之根的作品，"所有写古书的人，或说古代读书人，几乎无人不读的书必须读，不然就不能读懂堆在那上面的无数古书"，比如《易》《诗》《书》《左传》《礼记》《论语》《老子》《庄子》等。文本选定之后，不要去读压缩版或节选本，而是引导直接读原书，因此需要生动活泼、篇幅不长，能让人看懂并发生兴趣的入门作品，"加上原书的编、选、注。原书要标点，点不断的存疑，别硬断或去考证；不要句句译成白话去代替；不要注得太多；不要求处处都懂……有问题更好，能启发读者，不必忙下结论"。金先生推荐过曾运乾的《尚书正读》，说经曾先生梳理，连韩愈都觉得佶屈聱牙的《尚书》，也会变得文从字顺，他自己也写过不少兴味无穷的启发文章。

不过，前面的方法只是入门，金克木还在文章中埋伏了另外一种方法："最好学会给书'看相'……用古话说就是'望气术'。古人常说'夜观天象'，或则说望见什么地方有什么'剑气'，什么人有什么'才气'之类，虽说是迷信，但也有个道理，就是一望而见其整体，发现整体的特点。用外国话说，也许可以算是一八九〇年奥国哲学家艾伦费尔斯（Ehrenfels）首先提出来，后来又为一些心理学家所接受并发展的'格式塔'（Gestalt 完形）吧？"有了"归根"而来的基础，配合这样的整体感，便"能'望气'而知书的'格局'，会看书的'相'，又能见书即知在哪一类中、哪一架格上，还具有一望而能迅速判断其'新闻价值'的能力，那就可以有'略览群书'的本领，因而也就可以'博览群书'"。如金克木提示，诸葛亮读书所谓的"独观其大略"，应该就是这里所谓看相、望气的整体读书法。

金克木这种深入具体、体贴文心、执今而为、观其整体的读书法，大有抛下辎重、单骑直进的气魄，颇富"剑宗"风采。照金庸《笑傲江湖》里的说法，"气宗"要先准备好该有的条件，再一步步往上练习，而"剑宗"则是边做边学，直取核心。我很企慕"剑宗"的这个风姿，在没有充分准备的情况下贸然决定来写这一组关于古文的文章，怕也是缘于这风姿的蛊惑。只是真到要写的时候，才发现那洒脱的风姿并不属于我，倒是因为读书太少，准备不足，很多地方难免躐等而进，处处显出狼狈的样子来——那把自古传心而来的"剑宗"之剑，恐怕早已挂于空垄，迎风飞扬为洁静精微的上出之象。

慎终如始

——《檀弓》试读（一）

一

大学的时候，一个同学的父执大约亲炙过前一辈的读书人，我时常能从他那里听到许多辨不出真假的奇奇怪怪故事。其中一个是这样的，有位初出茅庐的年轻人，此前并无学术准备，偶有机缘遇到了王国维级别的当世绝顶高手，便请求予以指点。高手也不多话，丢过去一本未经标校的《说文解字段注》，让他施以句读，把书翻破再来。求学的这人也是认真，拿到书便反复校读，书脱了线才持之到高手处再问。没想到高手接过后，看也不看，就手又给了他一本同样的书，要求如上。直到他读破了五本《说文》段注，高手才许他登堂，此人后来也果然在古文字上卓然成家。

我一时全信了这故事，觉得窥见了某种求学秘笈，就想着怎样如法炮制——踏踏实实读透彻一本古书，即便成不了古文字学家，起码古文这关差不多能过了吧？只是，人哪里会死心塌地呢，难免要避难就易地变通一番。比如我就没有老老实实去图书馆找什么段注《说文》，而是挑了未经标点的影印本《世说新语》，想的是，反正是挑本书一门深入，用哪个经典还不都是一样？《世说新语》几乎全是故事，比枯燥的《说文》好玩多了，于是我一边在本子上抄下难句点读，一边被里面的故事吸引。这书我大概读了三遍，没有把书读脱线，也忘了是否对我读古文有什么实质的好处，只觉得这书过瘾有趣，着着实实记着了里面的几个故事——

> 管宁、华歆共园中锄菜。见地有片金，管挥锄与瓦石不异，华捉而掷去之。又尝同席读书，有乘轩冕过门者，宁读如故，歆废书出看。宁割席分坐，曰："子非吾友也。"

从记述来看，管宁清高自许，劳作与读书皆能一心，视金子与瓦石无异，轩冕过门不能动其心。比较起来，华歆就显得有点儿三心二意，外界的活动容易扰动内心的平静。不过，我很怀疑，我记住这个故事，恐怕主要是因为倾慕管宁割席时那刚烈的决绝。

> 王子猷居山阴。夜大雪，眠觉，开室，命酌酒。四望皎然，因起彷徨，咏左思《招隐》诗。忽忆戴安道。时戴在剡，即便夜乘小船就之。经宿方至，造门不前而返。人问其故，王曰："吾本乘兴而行，

兴尽而返，何必见戴？"

不知道是不是每个处在任性率真期的年轻人，都会为王徽之雪夜访戴的故事心动，忽视这行为也可能是某种特殊的沽名钓誉？反正我在二十多岁时，曾经在晚上乘船浮过大海，在朋友宿舍下的草丛里徘徊良久，复又乘船归去——我那时的心思里，或许恰好装着"乘兴而行，兴尽而返"的念头吧。

> 王蓝田（述）性急。尝食鸡子，以箸刺之，不得，便大怒，举以掷地。鸡子于地圆转未止，仍下地以屐齿踱之，又不得。瞋甚，复于地取内（纳）口中，啮破即吐之。王右军（羲之）闻而大笑曰："使安期（述父）有此性，犹当无一豪（毫）可论，况蓝田邪？"

虽然被一个鸡蛋引得无明火起有点好笑，但不知是因为文章太好还是喜欢这种不假修饰的性格，当然，更有可能是为个人的躁急性格护短，反正我当时对这个王蓝田颇有好感，倒是对自己可以"东床坦腹"而笑话别人性急的王羲之不免有些腹诽。

不知道是因为魏晋"越名教而任自然"的反礼教风气，还是"非汤武而薄周孔"的激进言论，亦或是"礼岂为我辈设也"的放诞做派，读《世说新语》的时候，你会时不时觉得这是一本年轻的书，人们率性而为，无拘无束。可不是吗，要绝交就绝交，要尽兴就尽兴，要发火就发火，还有要给白眼就给白眼（阮籍），要打铁就去打铁（嵇康）……这不正是年轻的标志？那时候岂不是世界年纪还小，还没有后来的老成持重，老气横秋？

其实当然未必，只是我读书的时候年纪太轻，还辨别不出那看起来的任性背后的故事。那个管宁割席断交的华歆，在《世说新语》里还有别的故事，处处显示出见识不凡。他后来为官清廉，却并不苛严，同时的陈登（就是"元龙高卧"的陈元龙）说他"渊清玉洁，有礼有法"，九品中正制的主要创立人陈群称他"通（通达）而不泰（骄傲），清（清廉）而不介（孤高）"，陈寿在《三国志》里赞他"清纯德素（德行）"。雪夜乘小舟来去的王徽之咏的左思诗，起首就是"杖策招隐士，荒涂（途，路）横（塞）古今"，看来也不是无缘无故地造门而返，乘兴尽兴间恐怕别有怀抱。便是那个性急的王蓝田，也自有能忍的时候——

> 谢无奕性粗强。以事不相得，自往数（诘责）王蓝田，肆言极骂。王正色面壁，不敢动。半日，谢去良久，转头问左右小吏曰："去未？"答云："已去。"然后复坐。时人叹其性急而能有所容。

王蓝田性急和自制的事，《晋书》放在一起讲，并标示了其间的因果关系："述……性急为累。尝食鸡子，以箸刺之，不得，便大怒掷地。鸡子圆转不止，便下床以屐齿踏之，又不得。瞋甚，掇内口中，啮破而吐之。既跻重位，每以柔克为用。谢奕性粗，尝忿述，极言骂之。述无所应，面壁而已，居半日，奕去，始复坐。人以此称之。"一个人的时位变了，对自己的要求也逐渐发生了变化，甚至能够在某些特殊情境中适当节制自己性情，是不是非常值得赞许呢？不妨接着来看另外一则故事——

阮步兵（籍）丧母，裴令公（楷）往吊之。阮方醉，散发坐床，箕踞（轻慢的坐姿）不哭。裴至，下席于地，哭，吊唁毕便去。或（有人）问裴："凡吊，主人哭，客乃为礼。阮既不哭，君何为哭？"裴曰："阮方外之人，故不崇礼制。我辈俗中人，故以仪轨自居。"时人叹为两得其中。

一件事，只跟自己有关，放诞一点大概没什么大问题；如果局限在两个人范围内，任性一些应该也可以容忍；三人为众，越来越多的人与一件事发生关系，比如阮籍遭母丧，有很多的迎来送往，倨傲无礼就显得有点过分——有人问裴楷的话，就是看他对这过分的反应。幸好裴楷为人"清通"（清明通达），才能两得其中，否则说不定就会生出罅隙，在魏晋那种情势下，闹出人命也不算意外。只是，譬喻设想得越多，就越会发现，已经不能再把《世说新语》看作一本年轻的书了对吧？

至此，那个似乎一直被诸多魏晋名士排斥在外的"礼"，已经悄悄来到了前台。只是，这个来到前台的礼或礼教，在人世和人身上的表现，要比想象复杂得多，如鲁迅所说："魏晋时代所谓崇尚礼教，是用以自利，那崇奉也不过偶然崇奉，如曹操杀孔融，司马懿杀嵇康，都是因为他们和不孝有关，但实在曹操司马懿何尝是著名的孝子，不过将这个名义，加罪于反对自己的人罢了。于是老实人以为如此利用，亵渎了礼教，不平之极，无计可施，激而变成不谈礼教，不信礼教，甚至于反对礼教。但其实不过是态度，至于他们的本心，恐怕倒是相信礼教，当作宝贝，比曹操司马懿们要迂执得多。"

二

"礼教"这个词，似乎人人用得趁手，但我在各种书本文章里查来查去，很难找到一个较为中性的说法，不是跟"封建"挂钩就是着急维护，倒是孟德斯鸠在《论法的精神》里谈到中国时，或许是因为有一双陌生的眼睛，说得较为通达："中国的立法者们……把宗教、法律、风俗、礼仪都混合在一起。所有这些东西都是道德。所有这些东西都是品德。这四者的箴规，就是所谓礼教。中国统治者就是因为严格遵守这种礼教而获得了成功。中国人把整个青年时代用在学习这种礼教上，并把整个一生用在实践这种礼教上。文人用之以施教，官吏用之以宣传；生活上的一切细微的行动都包罗在这些礼教之内，所以当人们找到使它们获得严格遵守的方法的时候，中国便治理得很好了。"

我们暂不讨论孟德斯鸠的卓越洞见和可能误解，只先确认礼教是一整套教化方式——魏晋的老实人表面反对实际相信的，正是这一整套教化——然后注意其中提到的"中国立法者们"。不妨把立法者们恰当地看成那些首要经典的书写者，具体到"礼"，也不妨说是"三礼"（《仪礼》《周礼》《礼记》）的作者。一个拥有经典的共同体必然与自发者不同，此前昏昧的社会被清朗的理性照亮，并因此拥有了传承的可能性："一个未开化的社会，在其最好状态中是由沿着原初立法者，亦即诸神、诸神之子或诸神的学生传下的古老习惯统治的社会；既然还不存在书写，后来的继承者就不能直接地与原初的立法者相联系；他们无法知道他们的父辈或祖父辈是否偏离了原初立法者的意图，是否用仅仅人为的附加或减少去毁损那些神圣的消息；因此一个未开化的社会不能前后一贯地按其'最好即最古老'的原则去行为。只有立法者留下的书写才使他们向后代直接说话成为可能。"

如果我们不是天然相信"最古老即最好"，或者"最古老即最合理"，或者相反地，相信"最古老即最坏"或"最古老即最悖理"，就有必要意识到，属于立法的经典创制过程中，既有对人各类自然天性的巧妙引导，也必然伴随着对人诸多自发行为的强制纠正，甚至还有部分看起来并不与现今历史事实相合的所谓创制。魏晋时期反礼教的任性，如果只看效果，不过是从立法后走向了立法前，没有什么特别值得推崇的，倒是在趋向任性的过程中表现出的对礼教既反对又信任的态度，显示出对立法的深层认同与浅层厌恶，很好地表明了少数智识上的卓越。如此情势下，要理解或回应首要经典中的问题，就需要尝试回到立法者当时面对的具体情境，看看他们企图引导、纠正和创制的究竟是什么，才有机会稍微亲近一点那些伟大的心灵。即如这篇文章要讨论的《礼记·檀弓》，开头一节是这样的——

> 公仪仲子之丧，檀弓免焉。仲子舍其孙而立其子，檀弓曰："何居？我未之前闻也。"趋而就子服伯子于门右，曰："仲子舍其孙而立其子，何也？"伯子曰："仲子亦犹行古之道也。昔者文王舍伯邑考而立武王，（商代）微子舍其孙腯而立衍也。夫仲子亦犹行古之道也。"子游问诸孔子，孔子曰："否！立孙。"

公仪仲子，春秋时鲁国人，姓公仪，字仲子。檀弓，鲁国之知礼者，公仪仲子的朋友。子服伯子，也是鲁国人。免音 wèn，一种置于头上的丧饰。按说，公仪仲子儿子去世，作为朋友的檀弓不必着免这样的重服，而一个知礼者这样做显然是有意的，所谓"故为非礼，以非仲子也"。檀弓对公仪仲子的非议，是因为他没有传位给嫡孙，而是传了庶子，因此质问他"何居（其，音 jī，语助）"，我从前可没听说过这样的事。或许是没有得到答复，檀弓快步走到门右边问子服伯子，公仪仲子这样的传位方式是什么道理？伯子说，仲子也是行的古道啊，从前文王不就是舍弃长子伯邑考而立武王，微子不就是舍弃嫡孙腯而立弟弟衍。子游听说（看见？）了这事，就去向孔子请教，孔子说，公仪仲子的做法和子服伯子的说法是不对的，应该立嫡孙。

这段文字看起来平平淡淡，不过是几次来回的问答，似乎没什么了不起的微言大义，为什么要置于《檀弓》的头条？这一条的主题是立庶子还是嫡孙的问题，很重要吗？如果不怕过甚其辞，不用说一家（大夫）一国（诸侯）一天下（国家）的继承，甚至没有一个地方的继承问题不是严重的对吧？这也就容易解释，不光在《礼记》里，古人在各类经典作品中都会反复提到这个问题。《公羊传》隐公元年："立嫡以长不以贤，立（庶）子以贵不以长。"何休《解诂》引而伸之："嫡子有孙而死，质家亲亲先立弟，文家尊尊先立孙。"《史记·梁孝王世家》褚少孙补中记袁盎语："殷道亲亲者，立弟。周道尊尊者，立子。周道，太子死，立嫡孙；殷道，太子死，立其弟。"这些引文透露出的一个重要信息，即殷往往是作为周的对立面出现的，两者在继承制上的巨大差别，正是殷为兄终弟及，而周则是父死子继。

《淮南子·慎势》谓"疑生争，争生乱"，因此继承制的确定，如同何休所言，"皆所以防爱争"。继承方式固定下来，使之逐渐在人群中变得天经地义，尽量减少"爱争"造成的灾难性后果（当然无法完全避免）——即便是现今通行的继承制度，恐怕也是这一思路的产物吧？只是，前面提到的殷周之间的继承制差别，近代以来既获得了巨大的肯定（以王国维《殷周制度论》为代表），也遭遇了极强的挑战。《殷周制度论》熟悉者众（所谓"周人制度之大异于商者，一曰'立子立嫡'之制"），不妨就来看对两代差别的质疑："殷代后期，自小乙迄帝辛九代之中，七代传子，是已非兄终弟及之制矣。""传长子之法，即在周初亦并未完全确定实行。则谓殷为兄终弟及，周乃传子，殷周礼制绝对不同，殆非是也。盖宗法之制，在殷代早已见其端绪。历西周数百年，迄战国末年，新儒家兴起之后，始有整齐固定之法则。"

上文质疑殷周继承制差别时举的例子，其中"周初太王舍太伯而立王季"，正是《檀弓》中的"昔者文王舍伯邑考而立武王"。这样看来，子服伯子的论据更符合历史事实没错吧？为什么号称"知礼"的檀弓要说自己"未之前闻也"，熟悉礼三代损益的孔子断然说出了"否"呢？如果可以推测，是不是可以说，所谓自周开始成为制度的父死子继制，其实是大立法者截断众流的选择（也就是确认父死子继优于兄终弟及，具体理由可参考王国维《殷周制度论》），并非确定无疑的历史事实？我有点相信这说法不是推测，因为只就《檀弓》来看，就有多处殷周不同的对比（殷人尚白，周人尚赤；殷既封而吊，周反哭而吊；殷朝而殡于祖，周朝而遂葬），联系到其他经书（如《诗》《书》）中类似的不同，恐怕我们不得不承认，所谓自周开始的父死子继制和其他制度，非常可能是经典的创制。此前的殷代因为不存在非常自觉的书写，我们"无法知道他们的父辈或祖父辈是否偏离了原初立法者的意图"，而从经典创造（书写）出来的那一刻起——或者从经典有意选择了某个起始（周）的那一刻起，"立法者留下的书写才使他们向后代直接说话成为可能"。从此，我们才可以比较后人如何去增加或者减少前人勠力创造的这一切。

只是，无论怎样重大的努力，后来人都会慢慢忘记当时决断的鲜烈，不会体谅当时立法者重大而曲折的心思，只记住一个破败后的印象，进而把后世因这制度出现的各种问题一股脑堆到他们身上——即便不是谩骂。即如上面提到的父死子继制，现在人们通常会质疑，为什么传位不是照贤明程度或才华来确定，非要按什么嫡庶长幼？乍看之下这质疑似乎是对的，那么我们也不妨问，贤明程度和才华谁来判断？即使现今，有一种制度能保证在位者肯定是贤明吗？如果不能，那是不是可以想想，古人为什么会那样选择？

三

对习言的六经，《诗》《书》《礼》《乐》《易》《春秋》（《乐经》本无或久佚），我过去最无感的就是《礼》，觉得支词碎义，不足为训，因此对诸多赞《礼》的话难免心存怀疑。比如皇甫侃所谓"六经其教虽异，总以礼为本，故记者录入于礼"，或如黄巩所称"孔子订五经而约之礼"，亦或如曹元弼所言"六经同归，其指在礼"，我觉得不过是因为学者对自己专门之学的刻意推崇（谁不觉得自己涉及的题目是最重要的呢？）。现在想来，大约是我忘记了制礼当时的形势，忘记了那些具体因应的繁复现实，只纠缠在文字上，便不免如皮锡瑞所云："古今异制，年代愈邈，则隔阂愈甚。汉人去古未远，疑经尚少。唐宋以后，去古渐远，而疑经更多矣。"

把焦点集中到《檀弓》，差不多可以从这一篇的升沉中，看到经典流传的起伏变化。《礼记》自汉代郑玄注，至唐便升为"经"，宋后更是居于"三礼"之首。也正是在宋代，《檀弓》于经学地位之外，同时成为文章的典范。黄庭坚《与王观复书》云："往年尝请问东坡先生作文章之法，东坡云：'但熟读《礼记·檀弓》，当得之。'既而取《檀弓》二篇读数百过，然后知后世作文章不及古人之病，如观日月也。"陈骙《文则》更是以其与《左传》相比："《檀弓》之载事，言简而不疏，旨深而不晦，虽《左氏》之富艳，敢奋飞于前乎？"洪迈《容斋随笔》则云："《檀弓》上下篇……文章雄健精工，虽楚、汉间诸人不能及也。"即便不算"莫知所自来"的疑伪谢枋得《批点檀弓》，宋代对《檀弓》的文章之道，已经算得上是推崇备至。

或者从反对的意见里，也可以看出有宋一代对《檀弓》的揄扬之盛。叶适《习学记言序目》云："世之学者，于《檀弓》有三好：□（按疑为'稽'）古明变，推三代、有虞，一也；本其义理，与《中庸》《大学》相出入，二也；习于文词，谓他书笔墨皆不足进，三也。以余考之，则多妄意于古初，肤率于义理，而謇缩于文词，后有君子，必能辨之。"

不过，水心先生期待的"后之君子"似乎并没有出现，对《檀弓》文章的追摹自明代开始反有变本加厉之势，各种别行的评点本不断问世，举其要者，则有杨慎《檀弓丛训》、陈与郊《檀弓辑注》、林兆珂《檀弓述注》等。这一评点系列（其实还应该加上一个选本系列）层出不穷，至清孙濩孙的《檀弓论文》集其大成，也兜底说了大实话，顺便解释了叶适的期待未能成功的原因："《檀弓》最利举业……凡制艺（八股）中大小题所有格局法律（格式和规律）无一不备。"学优则仕，读书做官，哪个不是为了穿衣吃饭呢？不过大概需要指出，所谓《檀弓》对举业的好处，并非从里面出题（因篇中多言祭事，不太吉利，故从中出题较少，所谓"《檀弓》、丧礼诸篇，既指为凶事，罕所记省"），主要是为了揣摩文章。

即便不考虑推重背后的实用性，这种拆离或者起码相对忽视内容而专门揣摩文章的行为，当然很容易引起反弹，如章学诚就不客气地说："谢枋得之《檀弓》……岂可复归经部乎？"或如四库馆臣所言，以时文（应试文章）之法点评经书，乃"明末士习，轻佻放诞，至敢于刊削圣经，亦可谓悍然不顾矣"。这一内容和形式的分离，其实就是经与文的分离，最终当然是消解了经的权威性，引发人们对经典的怀疑："《檀弓》一书非《礼》之旧文，乃六国时之纪载……其污圣之言及自相抵牾者甚多。""《檀弓》一书专为抵訾孔门而作也……所载之迹无一不与贤人相戾。阳予之名而阴毁其实，其所以丑抵痛訾者，几于无复忌惮。"是这样没错，如果一个记载容易引起怀疑，而被记载的人不能轻易怀疑，那么掉转枪头，指向弱处，自然会先怀疑记载本身。《檀弓》主要记载的是孔子和孔门弟子的言行，在过去时代自然没法轻易质疑，那就只好挑文本的毛病。不妨来看著名的曾子易簀一节——

> 曾子寝疾，病。乐正子春坐于床下，曾元、曾申坐于足，童子隅坐而执烛。童子曰："华而睆，大夫之簀与？"子春曰："止！"曾子闻之，瞿然曰："呼！"曰："华而睆，大夫之簀与？"曾子曰："然。斯季孙之赐也，我未之能易也。元，起易簀。"曾元曰："夫子之病革矣，不可以变。幸而至于旦，请敬易之。"曾子曰："尔之爱我也不如彼。君子之爱人也以德，细人之爱人也以姑息。吾何求哉？吾得正而毙焉，斯已矣。"举扶而易之。反席未安而没。

乐正子春，曾子弟子。曾元、曾申，曾子之子。季孙，鲁国大夫。病，疾甚。华，画，席子上的花纹。睆音 huàn，明亮貌。簀，床席。呼，虚惫之声。革音 jí，急也。变，动。曾子重病之时，经童子提醒，换掉了寝卧其上的床席，得正而逝。这一节的含义，自汉至唐似乎没有引起什么怀疑，说的是曾子"病虽困，犹勤于礼"，"不陷于恶，故君子慎终如始"。可自《檀弓》备受推崇的宋代开始，质疑的声音就开始出现，比如朱熹就需要写信向门人解释（需要解释正是因为有疑问）："季孙之赐，曾子之受，皆为非礼。或者因仍习俗，尝有是事而未能正耳。但及其疾病不可以变之时，一闻人言，而必举扶以易之，则非大贤不能矣。此事切要处，正在此毫厘顷刻之间，固不必以其受之为合礼而可安，亦不必以为与世周旋不得已而受之也。"

不用读来信也可以明白，那怀疑的重点是，为什么曾子要等到临终才换席子，他此前受季氏之赐是否合礼？从朱熹回信的结尾来看，他对自己的解释也不是十拿九稳，否则也不会说什么"鄙见如此，幸复相与考之，再以见喻"。后人大概已经少了朱熹这种"多闻阙疑"的态度，一旦有所怀疑，不免就要发为文字。比如清人邵泰衢在《檀弓疑问》里，就直接表达了自己的不认可态度："曾子受非分之赐，安于生而不安于死，久僭而安之，至死而正之，谓善其死邪？岂子春、元、申之不及一童子哉？若非童子言，曾子几不得正而毙焉？"夏炘《檀弓辨诬》则直接指此节为泼曾子脏水："《檀弓》记此，阳许曾子之改过，阴诬曾子以僭越也。曾子平日战战兢兢、如临深渊、如履薄冰，岂有卧大夫之箦漫不加察，及童子有言而后起而移之哉？"

对这件事的分析，可以回到争论的焦点，即曾子受箦是不是非礼。元吴澄《礼记纂言》确定为曾子对自身的更高要求，可谓釜底抽薪："考之于礼，寝簟之制未闻有尊卑贵贱之殊，但贫者质素，富者华美。以季孙之箦赐曾子，自是与曾子平日所用不同，童子见之，以其华皖，必是大夫之家所造作者，故曰'大夫之箦与'。而曾子然之，谓此乃季孙所赐也。箦之华美与质素，大夫、士通用之，童子非谓此大夫之箦，不是士之箦，但谓此必大夫禄厚家富者之所为尔，其意非欲曾子易之也……而曾子一闻童子之言必欲易之者，盖礼制虽无违戾，然不若终于常时所寝质素者之得其正也。"

其实沿着这个思路，脑洞可以开得再大一点，不怀疑经文，直接把问题推给后来者的错误理解。未能易箦问题，郑玄注云"未之能易，己病（之）故也"，《正义》详解为："言此未病之时，犹得寝卧。既病之后，当须改正。以己今病，气力虚弱，故时复一时，未能改易。闻童子之言，乃便惊骇。"比较郑注和《正义》可以发现，后者增加了"未病之时，犹得寝卧"，可照郑玄的注释，或者根据原文，意思也可以是曾子病后季氏赐箦不是吗？如果这样理解，那么曾子受箦也在病中，只因病后气力虚弱，没法及时更换，现因童子惊呼起而易箦，不正显示了他有过即改、慎终如始的态度？这不正符合《论语》中那个说出"而今而后，吾知免夫"的曾子形象？

只是，这样的解释未免太巧了，即便说通了所有问题，仍然多有虚浮之气，显得不够稳定，甚至有害心性，所谓"巧曲支离，所以为心术之害者甚大"。读来读去，还是朱熹在给同一门人后一封信里的话说得踏实坦荡："曾子受季孙之赐，无可缘饰。只如此看，多少直截。要之，一等是错了，不若只如此看，犹不失为仁者易辞之过也。"即便曾子有"非礼"之咎，临终时一闻己过即能收摄心神而易箦，不已经足够动人了吗？容纳世间的问题和世人（即便是圣贤）的过错，不正是人世开阔的标志？"我欲载之空言，不如见之于行事之深切著明也"，读《檀弓》，真正吸引我的，恰是这个礼落实时显出的深切著明，并借此体会到由切实而来的开阔。

无求备于一人

——《檀弓》试读（二）

一

写跟经典有关的文章时，经常会产生小小的沮丧感，因为你在阅读中自以为是的独门心得，等到再多读一些材料的时候，发现早就有人这么想过说过了，并没有什么新鲜可言。比如关于曾子易箦，兜来兜去说了这么多，忽然就想起周作人《读檀弓》似乎谈论过，赶紧找出来看："根据从《论语》得来的知识，曾子这临终的情形给予我很谐和的恰好的印象。我觉得曾子该是这样情形，即使《檀弓》所记的原只是小说而不是史实。据说，天上地下都无有神，有的但是拜神者的心情所投射出来的影。儒家虽然无神亦非宗教，其记载古圣先贤言行的经传实在也等于本行及譬喻等，无非是弟子们为欲表现其理想之一境而作，文学的技工有高下，若其诚意乃无所异。《檀弓》中记曾子者既善于写文章，其所意想的曾子又有严肃而蕴藉的人格，令千载之下读者为之移情，犹之普贤行愿善能现示菩萨精神，亦复是文学佳作也。"

关于曾子此处形象与《论语》中一致的问题，这里说得更为确切；那句"《檀弓》所记的原只是小说而不是史实"，也比我前面使用的"立法""创制"要平和得多——虽然两种说法里面包含的意思有不小差异。最启人思索的，是周作人拿佛经中的本行及譬喻来比拟儒家记载圣贤言行的经传。这就不免让人想到，在轮回的说法还没有传入中国之前，没法把此生的未解之事方便地推到来世，贤如曾子者可以临终易箦，或如子张重病，可以较为自信地"召申祥（其子）而语之曰：'君子曰终，小人曰死。吾今日其庶几乎？'"临终时检验自己一生，几乎可以毫发无遗憾，算得上善其生而善其死。可是，没有来世护持，大部分人那些此生没来得及处理的错误或恨事、冤枉或委屈怎么办呢？还好，《檀弓》中就有这样的例子——

　　鲁庄公及宋人战于乘丘，县贲父御，卜国为右。马惊，败绩，公队。佐车授绥。公曰："末之卜也。"县贲父曰："他日不败绩，而今败绩，是无勇也。"遂死之。圉人浴马，有流矢在白肉。公曰："非其罪也。"遂诔之。士之有诔，自此始也。

　　县、卜，姓氏。御，驾车。右，车右担任保护的勇士。败绩，失列。队，同坠。佐车，副车。绥，可抓住上车的绳子。圉人，掌养马者。白肉，股里肉，以股里白，故谓之白肉。这节故事一波三折，人物各有性格，叙述很是生动——鲁庄公和宋人交战，县贲父驾车，卜国为车右。马忽然惊奔失列，庄公坠下车来，幸得副车递过的绳子才得以重新上车。庄公说了一句跟这事相关的话，"末之卜也"，县贲父听了说，过去马不乱队列，单单我驾车的时候乱了，是我无勇造成的，说完奔赴敌阵而死。（战斗结束后）圉人洗马，发现马大腿肌肉里有箭头。庄公说，不是县贲父的过错啊，因此作诔纪念他。士去世有诔，正是从这里开始的。

这节文字的时间逻辑很清晰，争议出在"末之卜也"。照郑玄的注，断句应该是"末之，卜也"，鲁庄公责备卜国，"末之犹微哉，言卜国无勇"。可这样解有个问题，在御和右之间，御是在这次事故中负有更大责任的那一个，为什么庄公责备的反而是几乎无责的右呢？尽管后人"责其轻者，以见其重"的解释有合理性，但这样注下来，"遂死之"就必然是"二人赴敌而死"，与单提贲父说话有点矛盾。另一种可能是，庄公说"末之卜也"的卜是指占卜，末是没有的意思，即战前没有占卜，违背了"凡战，于御、右必卜之"的礼。这话看起来像是庄公自责，应该也隐含着御和右不够出色的意思。县贲父大概认为庄公话里有话，感觉有辱尊严（在责备两人的情形下，责任较大的一方受刺激更强烈并出来说话是合理的），便冲入敌阵而死。这还不够，在卜为占卜的层面，清人孙希旦《礼记集解》里给出了更为善意的解释："公言此者，盖欲以宽二人之责，而贲父耻其无勇，遂

20

赴敌而死。"也就是说，马惊奔失列，御者当然会觉得自己有责任，可庄公却把事故归因于自己战前没有占卜，尽力为其卸责。可这话并没有安慰到贲父，他还是赴敌而死。

卜作卜国解，则鲁庄公责备人的方式有点鸡贼，既不光明磊落，又要指桑骂槐，好像不符合其"小大之狱（案件），虽不能察（明察），必以情（实）"的性格。卜作占卜解的两层意思，乍看起来差别不大，鲁庄公都算得上体贴人情，深怀善意。但从第一解看，庄公只是出于涵养或习惯给贲父留了余地，责备还是在不觉间流露出来，贲父的赴敌而死也就带着悲愤，庄公无法完全免责。如果从第二解，则庄公已由消极转为积极，根据贲父的可能选择提前赋予事故理由，以便为其开脱，此后贲父的赴死就是他自己完全的决定，原则上怪罪不到庄公身上。但不管是因为庄公的坏习惯还是御者的不领情，贲父的死都跟庄公的坠车或者起码跟他主导的这次战斗有关，因此得知马惊与御者无关时，庄公"遂诔之"，以此作为纪念。

照郑玄在《礼记·曾子问》中的注，"诔"的意思是"累也，累列生时行迹，读之以作谥，谥当由尊者成"。郑玄的解释一以贯之，因此在"士之有诔，自此始也"之下注云："记礼失所由来也。周虽以士为爵，犹无谥也。"说白了，就是根据周礼，只有"卿大夫之丧，赐谥读诔"，作为"士"的贲父还没资格受谥号，故此为谥而设的诔就不该用在他身上，用了就是"失礼"。除了郑玄的"失礼"之解，孙希旦还给出了另外一种可能的说法，"庄公以其捐躯赴敌，虽无谥而特为之诔"——这话包含的意思是，尽管没有诔士的先例，难道就不兴为捐躯的人开个先河？无论哪种解释，应该是自此以后，士之丧开始有诔，这到底是"礼失所由来"还是礼的正当损益，恐怕无法一言而决，那就"于其所不知，盖阙如也"。我更感兴趣的是，无论有谥无谥还是合礼失礼的诔，究竟如何处理那无法开启来世以纠错的问题呢？

多少对古代文化有点接触的人，不管是从古文选本还是从书法作品中，应该都读过王羲之的《兰亭集序》，开头更是耳熟能详："永和九年，岁在癸丑，暮春之初，会于会稽山阴之兰亭，修（行）禊事也。"其中的禊（xì），一般注释为"祓（fú）除不祥"，但到底什么是禊，怎么个祓除，往往不甚了了。考之文献，则《周礼·春官宗伯》已有相关记载："女巫掌岁时祓除、衅（以香熏身）浴。"郑玄注："岁时祓除，如今三月上巳如（到）水上之类；衅浴，谓以香薰草药沐浴。"《风俗通义》解为："禊者，洁也。《尚书》：'以殷仲春，厥民析。'言人解析也。疗生疾之时，故于水上衅洁之也。"《说文》释祓为"除恶祭也"，杜预注《左传》谓祓乃"除凶之礼"。《后汉书·礼仪志》则谓："是月上巳，官民皆絜（洁）于东流水上，曰洗濯祓除，去宿垢疢（热病）为大絜。絜者，言阳气布畅，万物讫（尽）出，始絜之矣。"从这些文字大体可以看出，所谓禊、祓除或禊除，乃是清除恶、凶、病、垢等不祥的一种礼，通常于阳气充足之时在水中举行。

扯出去说这么多，是因为我觉得"遂诔之"这一方式很像是褉除，其作用在"累列生时行迹"，即把逝者的生平事迹择要讲述，以此肯定他为此世付出的心力和辛劳，祛除其因错误、冤屈或躁急而生的戾气，同时安抚生者对逝者的怀念、抱怨、内疚或不满，从而清洁双方在各种关系中产生的有垢之情，也给人世清理出足够周旋的开阔空间。就像在这一节里，不管贲父是因为受庄公鸡贼的刺激还是没能体会他曲折的善意，当意识到问题并非出在驾车者身上时，鲁庄公决定"诔之"，以此清除此事中可能含有的各种心理和社会问题，这不正是一切问题在当世解决的"褉除"之道？如果这个解释成立，孔子所谓"未知生，焉知死"是不是可以得到更积极的理解？

二

《太平广记》里有个故事，一个人因追赶吃了自己庄稼的猪而误入仙境，见一雪髯老人与一青衣童子，随之进，则有众仙于大厅弈棋饮酒，更进，见"有数十床，床上各坐一人，持书，状如听讲"。很快老人下令逐客，这人便问老人是谁，童子曰："此所谓河上公，上帝使为诸仙讲《易》耳。"又问童子本人是谁，童子回答说："我王辅嗣也。受《易》以来，向五百岁，而未能通精义，故被罚守门。"王辅嗣即王弼，此处的批评应是因为王弼注《易》扫象。同书又记有王弼向河上公"问《老子》滞义"，则应是批评王弼注

《老》而排除西汉黄老之学。这两个故事虽然看起来荒诞不经，但所谓"齐谐志怪，臧否作者，揣摭（指摘）利病，时复谈言微中"，虚幻中正不妨有真道理。比如在这里，河上公是汉学崇实的代表，而王弼代表的则是注重义理的玄学，编织这两个故事的人，显然站在汉学一方反对玄学。

王弼人称"天才卓出""辞才逸辩"，其为诸书所作注，吸收印度佛教般若思想，"独冠古今""致（极）有理统"，不愧为划时代的人物。然而，从另一个方向看，王弼注《老》，则老子修身的部分内容消失；扫象，则《易经》的象数之学几乎失传。考虑到魏晋时期的玄学背景和前文提到的放诞任性行为，也就不难理解，为何涉及具体而稍显艰难的象数、修身内容逐渐被质疑乃至取消，更多地变为义理层面的探讨并渐有沦为空谈的趋势。这也就怪不得范宁在《王弼何晏论》中恶狠狠地说："时以虚浮相扇，儒雅日替。宁以为其源始于王弼、何晏，二人之罪，深于桀纣。"范宁之所以把何晏和王弼捆在一起，是不是因为跟王弼同时的何晏注《论语》，扫除了具体的礼，因而以礼解《论语》的一路被终结了呢？——当然，即便这过程果如所述，也只是个笼统的描述，具体到每个时代，都会有无视潮流甚至逆流而动的人物。

诚恳地说，我现在在读很多大讲义理的文章或注释，有时候会丧失兴趣，倒是对被王弼、何晏们扫掉的诸多具体怀有更大的好感。可惜后世流传的，多是扫象扫礼之后的传本（容易流入世智辩聪的抽象义理而不是与人身心关系更为直接的具体更吸引人，真是一个有趣的悖论），有时候会觉得非常可惜。好在《礼》书俱在，其中含藏的具体也历历分明，用不到以此为借口停下来慨叹。不妨就来看《檀弓》中孔子的形象——

> 孔子之故人曰原壤，其母死，夫子助之沐椁。原壤登木曰："久矣，予之不托于音也。"歌曰："狸首之班然，执女手之卷然。"夫子为弗闻也者而过之。从者曰："子未可以已乎？"夫子曰："丘闻之，亲者毋失其为亲也，故者毋失其为故也。"

沐，治。托，寄托。狸，野猫。班，同斑，斑斓。女，汝。卷，好貌。为，当作。已，绝。这节说的是孔子的老朋友原壤丧母，孔子帮他整治棺椁，原壤兴起而歌，孔子假装没听到走了。跟孔子一起来的人大概觉得原壤失礼，就问孔子为什么不跟他绝交，孔子说出了自己的行为依据。这依据既然是"丘闻之"，也就是孔子听来的话，我看非常可能就是《论语·微子》中周公对其子鲁公说的："君子不施（chí，同'弛'，遗弃）其亲，不使大臣怨乎不以（用）。故旧无大故（恶逆之事），则不弃也。无求备于一人。"至于原壤唱的那首歌，有人认为"狸首之班然者，言（椁）斫材文采，似狸之首；执女手之卷然者，孔子手执斤斧，如女子之手，卷卷然而柔弱，以此欢说仲尼"。也有人认为，"狸首之班言（椁）木文之华，女手之卷言沐椁之滑腻"。还有人认为，此歌并非原壤自作，他只是唱的旧歌词。

不管唱的是什么，反正从当时孔子身边人的反应来看，应该是觉得原壤丧母而歌非常过分。原壤过分还好说，孔子既然是知礼者，他对原壤过分的行为充耳不闻，岂不是更加过分？后人就不免要来为孔子弥缝或径直质疑《檀弓》。弥缝者谓："壤之废败礼法甚矣，夫子佯为不闻而过，去以避之。从者见其无礼，疑夫子必当已绝其交，故问曰：'子未当已绝之乎？'夫子言为亲戚者，虽有非礼，未可遽失其亲戚之情也；为故旧者，虽有非礼，未可遽失其故旧之好也。此圣人隐恶全交之意。"质疑者则云："里有殡不巷歌，吊之日不乐，况于亲执母丧之子乎？久矣不托于音，母死而托于音，亦病狂所为耳。夫子不能正之，乃曰故者毋失其为故也，斯人已忘亲矣，又安有于友而夫子尚以之为故乎？夷俟叩胫是也，夫子为勿闻也者而过之非也。"仔细推敲起来，弥缝者和质疑者内心，都有一个应该按固定标准行动的孔子形象，这个形象不幸恰好有个参照，就是质疑者提到的"夷俟叩胫"，出《论语·宪问》——

　　原壤夷俟。子曰："幼而不孙弟，长而无述焉，老而不死，是为贼。"以杖叩其胫。

夷，箕踞，一种放肆的坐法。俟，待，等待孔子。孙，同逊，谦让。弟，同悌，敬爱兄长。述，传述学问。贼，害。胫，小腿。原壤箕踞以待孔子，孔子责怪他说，年幼时不遵长幼之礼，年长了无所传述于后辈，老朽了还不死，简直是祸害。说完，用拐杖敲他的小腿。比较《檀弓》中孔子对原壤的宽和态度，这里显得忒也严厉了些吧，因此不免就有人生疑："原壤登木而歌，夫子为弗闻也者而过之，待之自好。及其夷俟，则以杖叩胫，近于太过。"被问到的朱熹只好回答："原壤之歌，乃是大恶，若要理会，不可但已，且只得休。至于夷俟之时，不可教诲，故直责之，复叩其胫，自当如此。"原壤母丧而歌是大恶，要理会起来不可以单是绝交，所以只好算了；原壤夷俟，因为不可教诲，就直接责备并敲他的小腿——这里面的逻辑关系，我没有理清楚，大概不是因为我太笨，就是朱熹这话多少有些缠夹。

　　既然有疑问，我们就来看另外一种可能的解释。皇侃《论语义疏》解此节云："原壤者，方外之圣人也，不拘礼教，与孔子为朋友。壤闻孔子来，而夷踞竖膝以待孔子之来也。孔子方内圣人，恒以礼教为事，见壤之不敬，故历数之以训门徒也。"在这个解释里，皇侃引入了"方外圣人"，也就是《论语》中经常出现的楚狂接舆与长沮桀溺一类人（几乎可以看成魏晋风气的先行者），所谓道家者流是也。这一引入顺理成章地被善学的朱熹吸收到了自己的《四书章句》中："原壤母死而歌，盖老氏之流，自放于礼法之外者。贼者，害人之名。以其自幼至长，无一善状，而久生于世，徒足以败常乱俗，则是贼而已矣。孔子既责之，而因以所曳之杖，微击其胫，若使勿蹲踞然。"在此基础上，更有人推测原壤的具体修习，非常巧妙地解释了为什么孔子会提到"老而不死"："盖习为吐故纳新（以长生）之术者，故孔子以老而不死讥之。"可这样解释过来，孔子在两节文字间选择的内在逻辑仍然不够一致，最多也只能说，"记者所见不同，写出理想的人物来时亦宽严各异耳"。

当然，我们也可以相信孙希旦在《礼记集解》中的说法，勉力使孔子在《檀弓》中的表现看起来合乎情理："原壤母死而歌，与子桑户死，孟子反、子琴张临丧而歌相类，盖当时为老氏之学者多如此，然壤之心实非忘哀也，特以为哀痛在心而礼有所不拘耳，故夫子原其心而略其迹，而姑以是全其交也。"沿着这个思路，其实还可以推出一个更为大胆的说法，即孔子完全理解原壤的举动，原壤也完全理解孔子的意图，二人有意在死歌和夷俟之时表现出不同的形态，完成了一次时间跨度很长、使用标准不一的示范演出，以之作为向孔门弟子施教的戏剧，供他们揣摩。只是这样一来，我们弄不好会把圣贤妆点成怪物，比如在这个解释里，起码得承认孔子确实是（包括对人的心思）无所不知的天纵之圣，恐怕还得同时确认原壤也果然是"方外圣人"，否则怎么有能力看破孔子的心思还行有余力地配合演出呢？

相比生而知之者，我更喜欢那个"入太庙，每事问"的孔子，面对别人质疑的时候，可以从容地说，"是礼也"（这就是礼啊）。一个人在世上行走，哪里会事事前知，明白如何是最好的应对呢？即便明哲如孔子，也差不多总是遇到了什么事，才根据自己的所学所知作出对当时的自己来说最合适的选择吧？就像碰上原壤母丧而歌，就根据周公"故旧无大故则不弃"的原则"弗闻而过之";遇到原壤夷俟，就作为老朋友又责备又叩胫——这不是日常中经常出现的情境吗，孔子岂不是根据当时的具体作出了合适的选择？一日复一日累积起来的生活，不会有针对每件事的预案，许多选择是本能反应，另有许多选择是出于不得已，那些在理论和探讨中解决不了的问题，就是这样在实际中解决的吧？"礼之为言履也，可践履而行"，哪里有人走路会是直线的呢？无求备于一人，无求备于一时，才会有人世的风光徘徊不是吗？

三

魏了翁《鹤山集》中云："山中静坐，教子读书，取诸经、三礼自义疏以来重加辑比，在我者益觉有味，不知世间何乐可以如此。"在没有接触《礼记》之前，我对这话不免有些怀疑，读经，尤其是读《礼》，难道真的会有如此感觉，这不是理学家的大言欺世？等反复读了几遍《檀弓》，才发现里面的信息密密麻麻，其中果有至味存焉，只是因为年代久远，需要一点现时代的损益。一开始，我甚至想不去管什么文章的结构，用按语一小节一小节地写出自己感受到的好，比如礼可以不是强硬的拘束而是柔和的保护，不是无端的要求而是明睿的节制，不是琐碎的抽象而是生动的具体……

曾子曰："朋友之墓有宿草而不哭焉。"按此乃礼之节制方式之一，所以防人之悲伤无已。

邻有丧，舂不相（以音声助舂）；里有殡，不巷歌。按此为礼之温情，或可免"亲戚或余悲，他人亦已歌"之失。

死而不吊者三：畏（被胁迫而恐惧自杀），厌（被崩坠压死），溺（不乘桥杠而入水死）。按此"论非理横死不合吊哭之事"，为礼之严厉一面，以死不吊劝人善其生。

大功（丧服之一种，服丧期较长）废业（所学）。或曰："大功诵（诵习）可也。"按此为较长服丧期如何对待所学的问题，"或曰"为人留出余地，不使长时间中断。

颜丁善居丧。始死，皇皇焉如有求而弗得。及殡，望望焉如有从而弗及。既葬，慨焉如不及其反而息。按此提示不同时间节点居丧的可能标准，供人模仿，以熔断人临丧之过哀或无措，扶助人走过最悲伤时刻。

曾子曰："晏子可谓知礼也已，恭敬之有焉。"有若曰："晏子一狐裘三十年，遣车一乘，及墓而反。国君七个，遣车七乘，大夫五个，遣车五乘。晏子焉知礼？"曾子曰："国无道，君子耻盈礼焉。国奢则示之以俭，国俭则示之以礼。按此借孔门高足讨论晏子是否知礼，示礼可变之由，既以显礼之千变万化，又以见贤者处世之风范。

> 丧不虑居（卖掉房子送葬），毁不危身（哀毁至危及生命）。丧不虑居，为无庙也。毁不危身，为无后也。按此劝人勿处丧逾恒，致失去基本生活资料甚或生命，以护持生人。

要说的远远不止这些，比如我很想交代一下，苛政猛于虎、嗟来之食、善颂善祷、若不胜衣、罢市这些词都出此篇；很想说明西门豹治邺、元曲《灰阑记》、《三国演义》"煮酒论英雄"，或明或暗地跟这里面的不杀妾殉、沐浴佩玉、观乎九原故事相关；很想比较一下申生不愿逃亡与苏格拉底不肯逃狱的相似处或子夏丧明与《约伯记》的异同点……可按语的写法太过简短，没法呈现出事件的完整背景，损益的效果不明显；而一旦在复杂的知识系统中来回穿梭，又非巨大的篇幅不办；加上我在写作中思路会一路迤逦下去，原先觉得不用谈或不必谈的问题，临了却觉得很有必要一谈，于是就这么弯弯曲曲地来到了一个近乎必然的终点——

> 孔子蚤作，负手曳杖，消摇于门，歌曰："泰山其颓乎？梁木其坏乎？哲人其萎乎？"既歌而入，当户而坐。子贡闻之，曰："泰山其颓，则吾将安仰？梁木其坏、哲人其萎，则吾将安放？夫子殆将

病也。"遂趋而入，夫子曰："赐，尔来何迟也？夏后氏殡于东阶之上，则犹在阼也；殷人殡于两楹之间，则与宾主夹之也；周人殡于西阶之上，则犹宾之也。而丘也殷人也，予畴昔之夜，梦坐奠于两楹之间。夫明王不兴，而天下其孰能宗予？予殆将死也。"盖寝疾七日而没。

蚤，早。作，起。消摇，逍遥，宽纵自适之貌。萎，死亡。放，放置。阼（zuò），堂下东侧台阶，主人迎客的地方。楹，堂上立柱，左右各一。宗，尊。寝疾，卧病。没（mò），同殁，死。孔子早起，于门外曳杖而歌，子贡闻，知夫子将病，遂快步向前去问，孔子向子贡解说自己的梦，并言自己将死，七日后果逝。关于孔子所歌，郑玄注为："泰山，众山所仰。梁木，众木所放。哲人亦众人所仰放也。"一旦哲人逝去，如同世间没了泰山，房屋没了梁木，众人仰望和安放自己精神的支柱就消失了。至于孔子说梦，陈澔《礼记集说》谓："孔子其先宋人，成汤之后，故自谓殷人。梦坐于两楹之间，知是凶征者，以殷礼殡在两楹间，孔子以殷人而享殷礼，故知将死也。又自解梦奠之占云，今日明王不作，天下谁能尊己，而使南面坐于尊位乎？"

这一段孔子将逝的记载，郑玄注的时候应该还没有什么疑问，主旨是所谓"明圣人知命"。唐代的《礼记正义》，就不得不解释孔子做梦的问题："案《庄子》：'圣人无梦。'庄子意在无为，欲令静寂无事，不有思虑，故云'圣人无梦'。

但圣人虽异人者神明，同人者五情，五情既同，焉得无梦？"这按语表明，已经有人用庄子的"圣人无梦"来挑剔孔子的有梦。接下来元代的吴澄，就连全篇都怀疑起来："圣人德容，始终如一，至死不变，今负手曳杖，消摇于门，盛德之至、动容周旋中礼者似不如是。其妄一也。圣人乐天知命，视死生如昼夜，岂自为歌辞以悲其死？且以哲人为称，又以泰山梁木为比，圣人自为此歌而自称自比乃若是？其妄二也。圣人清明在躬，志气如神，生死固所自知，又岂待占梦而后知其将死哉？其妄三也。"清姚际恒则又牵扯进了佛教："死生之说，圣人所不道，观答季路'未知生，焉知死'可见矣！夫预知死期，端坐示寂，此浮屠氏之所震而惊焉者也，而以是为圣人重乎？"

稍一留意差不多就可以发现，对此节的辩护或质疑，都是因为注解者不得不面对来自道家或佛家的强大挑战，极力维护或放弃部分习传经典，使儒家核心人物区分于出世的佛道。有意思的是，类似理学家极力排佛，自身却不免染上佛教色彩，以上各家注解在强调儒家与佛道的差别时，佛道的思路也悄悄潜入了其中，如江永所言："杖有拄时，亦有曳时，负手曳杖而消摇，固非有意为之，亦不可谓变其常度，有损于动容周旋中礼也。夫子感于梦而作歌，情理有之，非自悲其死也。圣人固知命安死，而死者人之终，自是大事，必谓以昼夜视死生，泊然不一动念，则亦老庄之见耳。夫子固不自圣，然尝言'天生德于予'，又云'文不在兹乎'，其自知自任不浅矣，于将终而自比泰山、梁木，称哲人，何足病乎？圣人固清明如神，然于死生非别有前知之术，其能前知者，正因有所感耳。必谓不待占梦而后知，将谓圣人亦同二氏（佛道）之知死乎？"

说白了，儒、释、道虽为三家，其主张恐怕都是基于性情的不同面向，归到根蒂，则每个人身上或许都具备作为三家起点的基本心性。如此，尽管是儒家源头的孔子，是不是也可以逍遥放歌，预知死期，甚至于临终自许呢？再考虑到孔子析梦时分别夏商周三代不同的丧礼，这一小节里是否也隐含着孔子作为殷人的自发怀念和他"吾从周"的自觉选择呢？如此，是不是可以说，这记载里隐含着某些特殊的中国思想基因，以后将在不同的时代境况里繁衍变化，生成丰富万端的思想风姿？那个在绝境中说出"天生德于予""文不在兹乎"，临终时感叹"天下其孰能宗予"的孔子，平常深深收敛的光芒在绝境中不自觉地显露出来，虽然一闪即逝，却让我们罕见地看到了他内在的骄傲。我有时会禁不住想，这个内心无比骄傲的人说出这些话的时候，会想到身后的人们对他的维护或诘问吗？时至今日，他以及与他相关的经典序列，还能面对西方哲人甚或更强大的挑战而焕发出新的生机吗？

布衣驰骛，时哉时哉

——读李斯之一

一

整个儿童时期，我最喜欢的是夏天的夜晚。大人们结束了一天的忙碌，聚在空地上乘凉，坐着板凳，摇着蒲扇，说起家长里短，聊起有趣的尴尬和无奈的瞬间，笑声和话语交替出一种喧闹。随着夜色越来越深，凉意渐起，星空显出盛大的样子，我躺在席子上，一面望着无穷的远方，一面等着周围变得静谧，而另一个声音生起。那是一个老人，可能早已经厌倦了日常里的各种细碎，讲的是他从书上看来的各种故事，有关羽，有武松，有孙悟空，有樊梨花，有朱元璋，有姜子牙，有不知来源于何处的人和事……无论讲的是什么，他总是不疾不徐，似乎也不是说给别人听，只是自己跟着讲述的那个世界走得很远很远。直到天已经凉透，潮意爬了满身，我在迷迷糊糊中被大人叫醒，回到家里继续在老人口中的那个世界做梦。

梦做得久了，我就有心去更多地知道那个世界，不时蹭到老人身边，去追问各路人物的去向。老人有时耐心地给我讲解，有时实在脱不开身应付我，就珍重地从柜子里掏出一本纸张泛黄的书，让我查着字典慢慢看。这一看不打紧，原来老人口中的世界自有来处和去处，引得我废寝忘食地跟着里面的人物跋山涉水，有时候甚至会兴起由我来讲述这些故事的热望。到底也没有经受住诱惑，我忘记从什么地方受到启发，把纸筒当成竹筒，用塑料薄膜代替油膜，制作了一面简易的"渔鼓"。有时候我就敲打着这面鼓，跟着书里的故事，咿咿呀呀地边说边唱，害得大人们以为我得了什么怪病，看我的眼神里都带着若有所思的怜悯。

　　五音不全的嗓子很快就浇灭了我成为曲艺大师的狂热，只剩下爱读杂书的习惯一直陪伴着我。好久好久之后的有一天，翻书翻到阿城的《闲话闲说》，"我听莫言讲鬼怪，格调情怀是唐以前的，语言却是现在的，心里喜欢，明白他是大才"，心里略略憬然了那么一下，急切地往下看阿城讲的莫言故事："八六年夏天我和莫言在辽宁大连，他讲起有一次回家乡山东高密，晚上近到村子，村前有个芦苇荡，于是卷起裤腿涉水过去。不料人一搅动，水中立起无数小红孩儿，连说吵死了吵死了，莫言只好退回岸上，水里复归平静。但这水总是要过的，否则如何回家？家又就近在眼前，于是再蹭到水里，小红孩儿们则又从水中立起，连说吵死了吵死了。反复了几次之后，莫言只好在岸上蹲了一夜，天亮才涉水回家。"

尽管经过了双重转述，我仍然确定无疑地辨认出来，这就是我小时候听过的小红孩儿故事。阿城所谓唐以前的情怀格调，应该是故事里的天真无理，那种不用事事说得通的恣意。这样天真无理的故事，在我幼时离莫言家不远的乡间还有大面积的保留，那个老人就曾讲过相似的故事，只是主人公不是莫言，而是我们的一个邻居。小时候一起长大的女孩结婚当晚，那邻居被小红孩儿折磨一个晚上，第二天就精神失了常，每天拿着鞭子在我们学校门口驱赶那匹并不存在的高头大马。

　　扯得有些远了，其实我想说的是，等我读书稍多，才知道那个老人讲的，并不跟书上的完全相同，更不是什么历史上真正发生过的事，它们只是一些故事，携带着每个讲述者对这世界不同的失望和期待，看破和困惑，善意和冷漠。讲这些故事用不到眉头紧皱的一本正经，而是更像陆游《小舟游近村舍舟步归》中写的那样——

　　　斜阳古道赵家庄，负鼓盲翁正作场。
　　　死后是非谁管得，满村听说蔡中郎。

　　在那个负鼓的民间盲艺人嘴里，"旷世逸才，忠孝素著"的蔡邕（蔡中郎），成了"弃亲背妇，为暴雷震死"的负心人，真真是"死后是非谁管得"。不过，我觉得应该是陆游有点过于认真了，赵家庄里的人们，哪里就想着混淆是非了，说书人提到的那个人，差不多就是村人眼中的邻家蔡老二，凭什么改了姓、更了名，唤作蔡中郎？更何况，考了功名做了官，居然敢忘了家中的糟糠妻，可不就该天打雷劈？这里面有羡慕，有责怪，有愤怒，他们虽然早知道一部（说）书里所含的教训，但听着听着就忘了，蔡中郎又回复成了蔡老二，仿佛某个自己看着长大的孩子，更多的是熟悉而后对其命运的感慨。想得稍微深一点，或许不只是斜阳古道中的负鼓盲翁，即便是正史里，恐怕也难免类似的情形，比如我们就要说到的李斯。

二

一个人如果准备写一本大书，心里肯定抱着大大的念头，或者叫作"无名的大志"也可，就像希罗多德写《历史》："在这里发表出来的，乃是哈利卡尔纳索斯人希罗多德的研究成果，他所以要把这些研究成果发表出来，是为了保存人类的功业，使之不致由于年深日久而被人们遗忘，为了使希腊人和异邦人的那些值得赞叹的丰功伟绩不致失去它们的光采，特别是为了把他们发生纷争的原因给记载下来。"熟悉古书的人应该看出来了，是不是有那么点司马迁的意思？"网罗天下放失旧闻，略考其行事，综其终始，稽其成败兴坏之纪，上计轩辕，下至于兹，为十表，本纪十二，书八章，世家三十，列传七十，凡百三十篇。亦欲以究天人之际，通古今之变，成一家之言。"

不过，相对"发愤之所为作"的太史公，《历史》的作者接下来的叙述显得并不那么严肃："一开始，希罗多德讲述的是抢女人的事情：腓尼基人抢走伊奥（Io）、克雷特（Kreter）人抢走欧罗芭、希腊人抢走美狄亚、帕黎抢走海伦——这些劫女事件一件紧扣一件，一报还一报，最后一次劫女导致希腊人捣毁特洛伊（卷一，1-5节）。这些都是传说，似乎希罗多德把希波战争的起因回溯到传说时代，难道希罗多德真的认为，战争起因是这些劫女事件？"我们暂且不管希罗多德是不是真的有点因不严肃而来的避重就轻，即便是我们心目中一腔悲愤、一脸严肃的司马迁，恐怕也未必一直正襟危坐，比如在《李斯列传》的开头，他就似乎开了一个不小的玩笑——

> 李斯者，楚上蔡人也。年少时，为郡小吏，见吏舍厕中鼠食不絜，近人犬，数惊恐之。斯入仓，观仓中鼠，食积粟，居大庑之下，不见人犬之忧。于是李斯乃叹曰："人之贤不肖譬如鼠矣，在所自处耳！"乃从荀卿学帝王之术。

不用细数李斯的赫赫事功，按照《史记》"列传"的标准，不起码应该是"列叙人臣事迹，令可传于后世"吗？或者按司马迁的传赞，"李斯以闾阎历诸侯，入事秦，因以瑕衅，以辅始皇，卒成帝业，斯为三公，可谓尊用矣"——即便曾经铸成大错，以此业绩不也该有点尊严吗？为什么司马迁上来就用"上蔡仓中庑下鼠"来打比方？要知道，为人做佣耕的陈胜尚能说出"燕雀安知鸿鹄之志哉"，"知六艺之归"的李斯难道想不出（或者以司马迁之才替他想不出）像样点的比方吗？

索解为难，只好暂且放在一边，先来考虑小一点的疑问。按照普通的想法，作为郡小吏的李斯，面对的命运如果不是"一个小公务员之死"，恐怕也是井底之蛙坐井观天吧，怎么最终却成了一代名相？或者这也不是什么所谓普通的想法，大部分人可能早就明白"王侯将相宁有种乎"，觉得白衣为卿相原本就是人间正道，前面的想法只是我这类小人物的少见多怪。可是，一个人从小吏到宰相，怎样认知自己的胸襟格局，怎样面对几何级增长的信息量，怎样消化因自我决断引发的一系列或好或坏的反应，不都是问题吗，哪里就容易一蹴而就了？可是反过来想，历史上不恰恰有很多人从低层走向了高层吗？这里是不是暗藏着什么我们平常习而不见的秘密机关？

这个问题在心里集聚了很久，直到有一天读到金克木的《秦汉历史数学》，说到刘邦、萧何、张良与韩信的功能结构，我才略有所悟："一个虚位的零对经济、政治、军事构成的三角形起控制作用。这个三是数学的群，不是组织、集体，是核心，不是单指顶尖。三角的三边互为函数。三个三角平面构成一个金字塔。顶上是一个零，空无所有，但零下构成的角度对三边都起作用。这些全是只管功能、效果，不问人是张三、李四。所谓'有德者居之，无德者失之'。德应当是指作用，不是指随标准变化的道德。"总结完规律，金克木重点强调了萧何的作用："（汉）从争天下到治理天下，一贯起主要作用的是萧何，他怎么能有这样的见识？因为他是县吏，是行政基层组织中的一员，留意并熟悉行政运作，知道文献是工作的保留依据，他又能看得懂，所以一举就得其要领。刘邦本是亭长，是行政基层组织的细胞，所以也明白这一套……历史不会开玩笑，面孔冷冰冰，该怎么样就怎么样，谁想命令他变脸，办不到。他只看功能，不看人脸色。"

按照上述功能结构，沿着时间线往前推，是不是可以说，秦统一的过程中，也需要这样一位萧何？那个同样是郡小吏的李斯，不正好起到了萧何的作用？当然，并非每个作为小吏的人都有能力或机会成为宰相，李斯得为那个充满可能却也凶险重重的未来准备一个较为完备的自我——果然没错，在感叹完仓中庑下鼠之后，李斯立即一个转身，"从荀卿学帝王之术"。可是，问题并没有就此结束，这个历代文献含糊其辞、近世以来屡遭鄙视的"帝王之术"，究竟是什么？学了有什么用呢？

三

1916 年 10 月，袁世凯去世后两个月，经学耆宿王闿运以八十三岁高龄辞世，其弟子杨度此时正因"帝制祸首"而被作为要犯通缉。听闻老师离世的消息，逃亡中的杨度函寄一联："旷代圣人才，能以逍遥通世法；平生帝王学，只今颠沛愧师承。"上联拟王闿运为旷代圣人，并以"逍遥游"之典，云其能以出世之心通入世之情；下联言自己承其帝王之学，却有志不获骋，如今颠沛流离，愧对师承。"圣人""逍遥""世法"与"帝王"，一副挽联里嵌着儒、道、释三家名词，或许现在人会觉得搭配有点凌乱，不过，《天下篇》里的"圣人"，退可习佛道以作逍遥之游，进可以通世法而"应帝王"，或许本身并没有那么不可思议，有问题的说不定是后人的心量？

　　尽管王闿运和杨度悄悄把司马迁笔下的帝王术改成了帝王学，可人们还是很快就识别出其中包含的虎狼之心："物色、选择、拥戴、辅佐'非常之人'成'帝'成'王'之学。在辅佐'非常之人'时，设计非常之谋略，建立非常之功勋。崇尚这种学问的把它称作'帝王学'。可是自古以来多称其为'帝王术'，认为它是有'术'无'学'的。"即便不说"术"本身有其合理性或深远考虑，有可能是"巧妙地用'使帝称王术'坚持'道统'的行为"，上面这段话里包含的贬抑之义，杨度肯定是不会同意的，更不会把帝制的失败看成帝王学本身的问题，否则他也不会在给袁世凯写挽联时还心有不甘："共和误中国，中国误共和，千载而还，再评此狱；君宪负明公（袁世凯），明公负君宪，九原（坟墓）可作（起），三复斯言。"

　　或者探究得再深入一点，照张舜徽《周秦道论发微》里的说法，这个看起来出身不高的"术"，说不定不光没有辱没"学"，还跟先秦最高级别的"道"密切相关："余尝博考群书，窃日夜之力以思之，恍然始悟先秦诸子之所谓'道'，皆所以阐明'主术'，而'危微精一'之义，实为临民驭下之方，初无涉乎心性。""'道论'二字，可说是'道家理论'的简称。它的具体内容，便是'人君南面之术'。"司马迁之父司马谈的"习道论于黄子"，那内容也"正如《史记·李斯传》中所称'从荀卿学帝王之术'一样，学习的内容，是相同的"。即便不用如此绝对地指实，而是把与身心相关的内容也合入"道论"之中，则崇实的"帝王之术"仍切切实实是道的一部分，并非如后世崇虚的文人们轻视得那样卑下，当然更不像少数阴谋家推崇得那么卑劣。接下来要问的是，李斯学的这个"帝王之术"，有什么具体的内容呢？

> 学已成，度楚王不足事，而六国皆弱，无可为建功者，欲西入秦。辞于荀卿曰："斯闻得时无怠，今万乘方争时，游者主事。今秦王欲吞天下，称帝而治，此布衣驰骛之时而游说者之秋也。处卑贱之位而计不为者，此禽鹿视肉，人面而能强行者耳。故诟莫大于卑贱，而悲莫甚于穷困。久处卑贱之位，困苦之地，非世而恶利，自托于无为，此非士之情也。故斯将西说秦王矣。"

李斯这段辞别荀子的话，如果只看后半部分，差不多就是仓中庑下发现的重复，不过把老鼠的比喻去掉了而已——人处于卑贱之位而不思有所作为，就像禽兽（禽鹿、视肉均禽兽义）一样，不过是长着人脸而能走路的动物罢了。人最耻辱的是地位卑贱，最可悲的是生活穷困。长处卑贱、困苦之中，却非议世道而憎恶荣利，自命为无为，这可不是有志者的本心。李斯的这番话，求用，求发达，明显有违"君子固穷"的义旨，恐怕自古及今（绝大多数不得志）的读书人看了都不会舒服。我思来想去，即便考虑到战国时期人的思想还带着野气，也很难给李斯这段话找出什么高尚的借口（或许根本就不需要），似乎他天生携带着趋利趋贵的基因，不是跟了个老师就能轻易改变的。

进一步而言，即便一个人要改变自己的地位，也不是凭空想想或单有野心就够的，仍然需要有对人世清晰的洞见。从荀子完成学业后，李斯明确自己处身的楚国君主不足成事，除秦国外，其他国家都很衰弱，无法建功立业，于是决定西行入秦。这一决定显示出李斯过人的判断力，那个后人看来无比明确的秦统一六国的局面，当时恐怕未必那么明显，能从错综复杂的国际局面中识别出"秦王欲吞天下"的人，显然需要对大势的深切了解。即便已识别出大势，一个决定协助他国完成大统一的人，当然也会受到诸如安土重迁等习见思路的影响，也知道他早晚要面对自己的故国，想从这些基本情感和世俗捆缚中挣脱出来，无疑需要巨大的能量。

提供给李斯巨大能量的，应该是他在这段话中反复提到的"时"——一则曰"得时无怠",再则曰"今万乘方争时",再则曰"布衣驰骛之时",不含"时"字的所谓"游说者之秋",也如《索引》所言,"秋时万物成熟,今争强时,亦说士成熟时"。接下来李斯入秦,说秦王统一天下,也围绕着"时"展开,"胥人者,去其几也",是说待人成事者,就是失去了几微时机的人;"昔者秦穆公之霸,终不东并六国"的论证,是说当时时机不成熟;"灭诸侯,成帝业,为天下一统,此万世之一时也",明确提出秦王面对的是万世一遇的良机,若"怠而不急就",诸侯或将反扑。

李斯看清楚了自己所处时代不可避免的大势,超脱于琐碎钉铛的人人之争,也免去了临事的畏葸不前,直接放胆与时竞逐,走进了当时的"时代精神"(Zeitgeist),这才有此后的赫赫事功。从阅读感受来说,李斯论"时"的这番话虽然高明,细辨却有一丝躁急的杂音,我们暂时还不知道,这杂音是否会成为李斯今后发展的绊脚石。

四

1948年初,原籍奥地利的哥德尔准备获得美国公民权的面试,入籍证人是爱因斯坦和摩根斯顿。这个例行面试本来无关紧要,哥德尔却不但研究了印第安人是怎样迁徙到美洲的,还"认认真真准备,仔仔细细研究了美国宪法。面试前一天,哥德尔告诉摩根斯顿,他发现美国有向独裁制演变的逻辑—法律可能性"，并就此进行了复杂的推理分析。第二天的面试中，法官指责奥地利的独裁政权，并感叹"幸好那种事在美国是不可能的"，哥德尔随即指出，"正好相反，我知道怎么一来那种事就可能发生"。要不是在场的爱因斯坦他们拼命阻止他往下讲，说不定哥德尔不光没法获得公民权，弄不好会被当成间谍也未可知。如果哥德尔真的被人怀疑甚至要作为间谍投进监狱，以他的聪明睿智，会不会像当年在秦国修渠的郑国（人名）那样，为自己的行为完美辩护呢？

谈郑国之前，还是先回到已经到达秦国的李斯那里。指出秦国面对的是万世一时的良机之后，李斯随之献上了从内部瓦解六国的"离其君臣之计"："阴遣谋士赍持金玉以游说诸侯，诸侯名士可下以财者，厚遗结之；不肯者，利剑刺之。"这胡萝卜夹带着大棒的计策，应该取得了相当显著的成效，因此秦王才"使其良将随其后"，李斯也因此被拜为客卿——这客卿是实职，并非虚衔，所谓"秦有客卿之官，以待自诸侯来者，其位为卿而以客礼待之也"。只不过，虽然是实衔，仍不免要"以客礼待之"，可见秦国也没有完全把客卿当自己人，这也就为此后的郑国事件埋下了伏笔，并由此牵连到李斯，其扶摇直上的前途大有就此终止的可能——

会韩人郑国来间（当间谍）秦，以作注（灌）溉渠，已而觉。秦宗室大臣皆言秦王曰："诸侯人来事秦者，大抵为其主游间于秦耳，请一切逐客。"

李斯议亦在逐中。

按技术水准衡量，以郑国的水利专业水平，即便是现在入美国籍，肯定也比梅拉尼娅·特朗普更有资格拿到"爱因斯坦签证"（Employment-Based First Preference Immigration）。这样的专业技术人才入秦，怎么个做间谍法呢？很难想通。幸亏有太史公的"互见"笔法，我们可以在《河渠书》中见识这一独特的间谍手段："韩闻秦之好兴事（兴建土木之事），欲罢（疲）之，毋令东伐（韩），乃使水工郑国间说秦，令凿泾水自中山西邸瓠口为渠，并北山东注洛三百余里，欲以溉田。中作而觉，秦欲杀郑国。郑国曰：'始臣为间，然渠成亦秦之利也。'秦以为然，卒使就渠。渠就，用注（聚集）填阏（淤泥）之水，溉泽卤（盐碱）之地四万余顷，收皆亩一钟（每亩收成六石四斗）。于是关中为沃野，无凶年，秦以富强，卒并诸侯，因命曰郑国渠。"

原来韩国使的是三十六计之外的"疲秦计"，就是让你大兴土木，浪费人力物力，没有力气去惦记别的国家，《史记集解》所谓"欲罢劳之，息秦伐韩之计"。老实说，考虑到战国时期已经高度发达的兵法和诈术，韩国人的这一间谍手法笨拙得有点让人生疑，我甚至有点怀疑是见识高卓的人物故意把高级人才送出去做事（大家共有一个天下不是吗）。这样推测有一个间接证明，如果不是韩国手法笨拙，危害了秦国国家安全的郑国，岂能轻轻巧巧一句话就让秦人"以为然"？不过这也不免会引起一个更大的疑问，既然秦已经放手让郑国修渠，又为什么因此对客卿下驱逐令呢？

《史记》还没有后来史书那种"一事不两载"的规矩，因此读的时候就要不停地脑补很多在其他地方出现的相关文字，才能把一件事的前因后果串接起来。即如上面的疑问，我们只好再来看司马迁《秦始皇本纪》中"互见"的部分："长信侯嫪毐作乱而觉，王知之，令相国昌平君、昌文君发卒攻毐，毐等败走。十年，相国吕不韦坐嫪毐免。大索，逐客，李斯上书说，乃止逐客令。"嫪毐造反坐免（赵国人）吕不韦的原因，则"互见"于《吕不韦列传》："太后时时窃私通吕不韦。始皇帝益壮，太后淫不止。吕不韦恐，觉祸及己，乃私求大阴（生殖器）人嫪毐以为舍人，时纵倡乐，令太后闻之。太后闻，果欲私得之。吕不韦乃进嫪毐。始皇九年，有告嫪毐实非宦者，常与太后私乱，于是秦王下吏治，具得情实，事连相国吕不韦。"

到这里我们差不多已经明白，秦国逐客的可能原因，直接却不太重要的是作为间谍的水工郑国"疲秦计"被识破，间接却关系甚大的是相国吕不韦推荐与太后私通的嫪毐作乱。秦国宗室大臣谏议逐客，考虑到太后和秦王的颜面，嫪毐和吕不韦的问题不便放在台面上，以郑国的事为借口再好也不过了对吧？也正是此谏与吕不韦关系甚大，"李斯议亦在逐中"就不只因为他是外国人，而是其发迹与吕不韦有绝大的关系："至秦，会庄襄王卒，李斯乃求为秦相文信侯吕不韦舍人。不韦贤之，任以为郎。"如此情势之下，李斯不但没有因害怕牵连见几而逃，居然还不避不让地给"少恩而虎狼心"的秦王"上谏书"阻止逐客，显示出罕见的胸襟与气魄——这封发愤所为作的谏书，就是后世称为《谏逐客书》的千古名文。

五

起意写这篇关于李斯的文章，正是缘于这篇《谏逐客书》，道理说得透，文章写得好，朗朗可诵，用鲁迅的话说，"秦之文章，李斯一人而已"。读金克木的《"古文新选"随想》，第一个提到的也是这篇："这是影响中国历史的关键性文章……岂止两千多年前？今天的美国不是依靠'客'吗？近年美国得诺贝尔奖金的不是有几个中国移民吗？除开国的华盛顿、杰弗逊、富兰克林和建国的林肯等政治人物以外，美国文化不靠外来客人吗？还有日本，自从了不起的圣德太子直到如今，就是一个不怕吸收别人长处的国家。李斯和秦始皇在世界上没有断种。"好到几乎没有疑问不是吗？可真要仔细分析这文章，却觉得并没有太多话要说，因为文章的意思并不曲折，不管举多少例子，打多少比方，主题全都围绕开头的一句话——

臣闻吏议逐客，窃以为过矣。

文章起始，就先把秦王择了出去。逐客最终是秦王的决定，并且已经执行，可李斯在这里，先是说"臣闻"，好像逐客的行为还没有开始，只是我听说有这么一件事；再是说"吏议"，似乎秦王还没有做出决定，事情还在讨论过程中；如此说出"窃以为过矣"的结论，就显得并非挑战秦王的权威，只是私下说说自己的看法。不是逆着来，而是顺着说，从而撬开一条秦王可能听从谏议的缝隙，正是《文心雕龙》所谓的"顺情入机"。

> 昔缪公求士，西取由余于戎，东得百里奚于宛，迎蹇叔于宋，来丕豹、公孙支于晋。此五子者，不产于秦，而缪公用之，并国二十，遂霸西戎。孝公用商鞅之法，移风易俗，民以殷盛，国以富强，百姓乐用，诸侯亲服，获楚、魏之师，举地千里，至今治强。惠王用张仪之计，拔三川之地，西并巴、蜀，北收上郡，南取汉中，包九夷，制鄢、郢，东据成皋之险，割膏腴之壤，遂散六国之从，使之西面事秦，功施到今。昭王得范雎，废穰侯，逐华阳，强公室，杜私门，蚕食诸侯，使秦成帝业。此四君者，皆以客之功。由此观之，客何负于秦哉！向使四君却客而不内，疏士而不用，是使国无富利之实而秦无强大之名也。

接下来回顾秦的历史，以英主穆公、孝公、惠王、昭王为例，列举他们任用客卿取得的成果，得出"此四君者，皆以客之功"的结论，极富说服力。照洪迈《容斋随笔》的说法（"六国所用相皆其宗族及国人，独秦不然，其始与之谋国以开霸业者，魏人公孙鞅，吕不韦韩人，李斯楚人，皆委国而听之不疑，卒之所以兼并天下者，诸人之力也"），重用客卿是秦国特殊的决断，是他们正正好好在当时形势下做对的那一点。由此，六国人才向秦国汇聚，形成了济济多士的繁荣局面。具体准确地追溯秦成功的原因，以事言理，正是《文心雕龙》所谓的"动言中务"。

  今陛下致昆山之玉，有随、和之宝，垂明月之珠，服太阿之剑，乘纤离之马，建翠凤之旗，树灵鼍之鼓。此数宝者，秦不生一焉，而陛下说之，何也？必秦国之所生然后可，则是夜光之璧不饰朝廷，犀象之器不为玩好，郑、卫之女不充后宫，而骏良駃騠不实外厩，江南金锡不为用，西蜀丹青不为采。所以饰后宫、充下陈、娱心意、说耳目者，必出于秦然后可，则是宛珠之簪、傅玑之珥、阿缟之衣、锦绣之饰不进于前，而随俗雅化佳冶窈窕赵女不立于侧也。夫击瓮叩缶弹筝搏髀，而歌呼呜呜快耳（目）者，真秦之声也；《郑》《卫》《桑间》《昭》《虞》《武》《象》者，异国之乐也。今弃击瓮叩缶而就《郑》《卫》，退弹筝而取《昭》《虞》，若是者何也？快意当前，适观而已矣。今取人则不然。不问可否，不论曲直，非秦者去，为客者逐。

然则是所重者在乎色乐珠玉，而所轻者在乎人民也。此非所以跨海内制诸侯之术也。

此段从历史转入时事。说是时事，其实多讲的是"客物"而非客卿，虽然牵连到秦地风俗的移易，针对的要害却是秦王的嗜欲。不管是昆山玉、随和宝、明月珠、太阿剑，还是夜光璧、犀象器、郑卫女，甚至是桑间昭虞之乐，都不过是人对声色的爱好，算不得台面上的大道理，所谓"快意当前，适观而已矣"。只是，这放不上台面的一切，仿佛希罗多德《历史》中的"劫女事件"，尽管看起来不够严肃，却实实在在是人内在的欲望（Epithumia），用此来触及幽微之处的内在隐秘，当然就最容易打动人心。或许正是因为如此切身，当李斯把话题兜转到"所重者在乎色乐珠玉，而所轻者在乎人民也"，才"虽批逆鳞"，却没有引起秦王的过度反弹。

臣闻地广者粟多，国大者人众，兵强则士勇。是以太山不让土壤，故能成其大；河海不择细流，故能就其深；王者不却众庶，故能明其德。是以地无四方，民无异国，四时充美，鬼神降福，此五帝、三王之所以无敌也。今乃弃黔首以资敌国，却宾客以业诸侯，使天下之士退而不敢西向，裹足不入秦，此所谓"藉寇兵而赍盗粮"者也。

本段广设譬喻，从前文对历史的追溯和对嗜欲的刺激，转至秦王称霸甚至统一六国的雄心，申说"王者不却众庶，故能明其德"的道理，并引五帝、三王来提调秦王的胃口，以"藉寇兵而赍盗粮"示意逐客的不良后果。至此，李斯的上书由历史、欲望汇流到秦王的血气（Thymos）之上，作用于他"对何为正确、何种东西带来尊严与荣誉的精神感受"，作用于他"承认的欲望"，生理和精神的爱欲（Eros）在这里合为一体。

> 夫物不产于秦者，可宝者多；士不产于秦，而愿忠者众。今逐客以资敌国，损民以益仇，内自虚而外树怨于诸侯，求国无危，不可得也。

结尾总结上文的三层意思，由欲望、历史而再次抵达血气。秦王听进了李斯的建议，"乃除逐客之令，复李斯官，卒用其计谋"，《文心雕龙》所谓"功成计合，此上书之善说也"。或者我们也不妨说，李斯用理性（Nous）调动了秦王的欲望，激起了他的血气，从而自己也得以因时而进，"二十余年，竟并天下，尊主为皇帝，以斯为丞相。夷郡县城，销其兵刃，示不复用。使秦无尺土之封，不立子弟为王，功臣为诸侯者，使后无战攻之患"，尽情施展着他从荀子那里学来的"帝王之术"。

从上《谏逐客书》到秦统一六国，虽然离李斯感叹"物禁太盛"还有十年的时间，我却觉得这是他人生最精彩的时候，因为走的是一条向上之路。至此，他的所有选择，即便考虑到太史公的仓中庑下之喻，仍不碍其基本的准确。如果李斯的生命就此终结，或许真的"斯之功且与周、召列矣"？然而，历史岂由人算，或许在成为宰相的那一刻，李斯已经一步步走进了历史和他自己投下的浓重阴影之中。

物禁太盛，税驾何处

——读李斯之二

一

应该是五六年前，偶然得获李村的《世风士像——民国学人从政记》，读后觉得于深细处见功夫，却不张扬自负，是有根基有见识的好文字，便到处向人推荐。其中《宋子文的傲慢》一篇，我觉得说到了一个非常关键的问题，即提醒当权者不要轻易得罪知识分子，因为"不论你愿意不愿意，知识分子都是历史的发言人，他们对当权者的好恶会成为未来知识体系的一部分，长期影响对历史的评价"。或者换个稍微通俗点的说法，像《孽海花》里庄小燕（按即张荫桓，清末大臣）说的："他（按即李慈铭，晚清名士）的权势大着哩！你不知道，君相的斧钺，威行百年；文人的笔墨，威行千年，我们的是非生死，将来全靠这班人的笔头上定的。"

很多对历史事件和历史人物的评价，有时候觉得不在正确的位置上，大概就跟评价的标准掌握在缺乏实践的文人手上有关。缺乏历练的读者和听众呢，又向来不喜欢思量再三、老成持重，更愿意听信斩钉截铁、大言炎炎。1968年法国"五月风暴"期间，学生中流行一句话，"宁愿跟随萨特走错路，也不愿顺从阿隆行正道"，差不多道出了其中的秘密。不过，这样说其实仍然可能堕入另外一种清晰的对立上去，把复杂的事务化约为简单的逻辑。历史事件和历史人物的问题之所以难以轻易判断，正在于其因果关系并非直线——在谈论李斯争议巨大的诸多问题之前，无论怎么延宕，似乎都无可避免地要谈到李斯与韩非的关系——

> 韩非者，韩之诸公子也。与李斯俱事荀卿，斯自以为不如非。非见韩之削弱，数以书谏韩王，韩王不能用。故作《孤愤》《五蠹》《内外储》《说林》《说难》十余万言。人或传其书至秦，秦王见《孤愤》《五蠹》之书，曰："嗟乎，寡人得见此人与之游，死不恨矣！"李斯曰："此韩非之所著书也。"秦因急攻韩。韩王始不用非，及急，乃遣非使秦。秦王悦之，未信用。李斯、姚贾害之，毁之曰："韩非，韩之诸公子也。今王欲并诸侯，非终为韩不为秦，此人之情也。今王不用，久留而归之，此自遗患也，不如以过法诛之。"秦王以为然，下吏治非。李斯使人遗非药，使自杀。秦王后悔之，使人赦之，非已死矣。

熟悉历史的人，读这段《老子韩非列传》中的记载，会不会觉得有点儿似曾相识？汉武帝读了司马相如的《子虚赋》，发出的是跟秦王差不多的感慨："朕独不得与此人同时哉！"李斯和韩非的关系，则几乎重复了孙膑和庞涓的故事："孙膑尝与庞涓俱学兵法。庞涓既事魏，得为惠王将军，而自以为能不及孙膑，乃阴使召孙膑。膑至，庞涓恐其贤于己，疾之，则以法刑断其两足而黥之，欲隐勿见。"（《孙子吴起列传》）对一己天赋的过度爱欲（Eros），借口的崇高化，对近己者的忌讳，如此等等，有时真分不清是人性的模式还是写作的模式。话休絮烦，李斯和韩非故事，《史记》中另有两个较为简略的版本——

李斯因说秦王，请先取韩以恐他国，于是使斯下韩。韩王患之，与韩非谋弱秦。韩非使秦，秦用李斯谋，留非，非死云阳。（《秦始皇本纪》）

王安五年，秦攻韩，韩急，使韩非使秦，秦留非，因杀之。（《韩世家》）

除了《史记》，另有一个记载见于《战国策·秦五》，说的是韩非（结合纵，存韩）想离间（韩国间秦是有传统的，前面讲的郑国事就是一例）秦国大臣姚贾（散合纵，取韩）与秦王的关系，引得秦王召姚贾问罪，姚贾为自己辩护成功，倒霉的反而是韩非——

复使姚贾而诛韩非。

因为记载有参差，不妨先试着确认最基本的事实——韩非是韩国贵族，"为韩不为秦"，后使秦而死于秦。这三个基本事实，补充进其他元素，可以串接出非常不同的因果链条。最明显的链条，是后人在韩非本传中加入的逻辑，所谓"李斯妒同才，幽杀韩非于秦"，李斯出于嫉妒引进并害死了韩非。另一个链条，是按《战国策》的记载，韩非"不知务"，却书生干政，敌不过秦国知时知务的大臣姚贾，因而被诛。还有一个链条，则是秦王看透了韩非弱秦的心思，便采用李斯的计策把韩非留在秦国，韩非最后死（自然死或是被杀死）在秦国的云阳。

以上三个因果链，仍然使用了最直接的推论方式，其间的参数稍微变动，虽然不会改变韩非客死异国的结局，但对涉及其中的人物的品行判断，影响则会非常巨大。比如第一个因果链中，如果加入秦王看透韩非用心的参数，则李斯逼迫韩非自杀，不过是他用"有善归主，有恶自与"的一贯方式，洗脱了秦王妄杀人才的罪名。第二个因果链中，韩非书生用事，李斯既有机会施以援手，也有机会落井下石，最终置同门之谊于不顾，听之任之。第三个因果链中，韩非既被秦王识破了心思，李斯把韩非留在秦国，究竟是因为"邻国有圣人，敌国之忧也"，还是一种保护同门的特殊方式（在李斯的世界图景中，韩国被灭是迟早的事，作为韩国公子的韩非当然会被牵连，留在秦国或许是不错的选择），真是难以一言而决。

人们对历史叙述的接受难免势利，不会把所有复杂的可能都考虑在内，选择的往往是最权威或最简单的那个。虽然照《汉书》的说法，《史记》曾取材于《战国策》，但两相比较，《战国策》不仅"错乱相糅莒（混杂）"，"纪事不皆实录，难尽信"，更兼"战国时游士辅所用之国，为之策谋（谋划）"，故此"浅陋不足道"，"不可以临教化"，后世对其中的诸多记载弃之不顾，也就没什么难以理解的了。人们容易记住的，是那个"妒同才"的因果链——虽然李斯和韩非的故事里很容易加进"嫉妒"，但这个词其实并没有出现在《史记》中——简单易懂，符合日常所见的人心没错吧？也只有这样的李斯，才会想出"焚书"的馊主意来不是？

二

福尔克尔·魏德曼《焚书之书》开篇，写的是那场由纳粹主导的臭名昭著的"焚书"事件，精密、严谨，却悖论似的携带着癫狂的激情——那很快将会把全世界卷入灾难的脱缰激情："熊熊大火边站着一个脸颊被烤得通红的胖女人，她的视线定在一张随风扬起、已经烧掉半边的书页上，她紧紧握着身穿棕色衣服的丈夫的手，对着人群激动地大喊：'伟大的时代！美丽的时代！'……这是1933年5月10日，午夜刚过。在柏林的歌剧广场上，这场惊心动魄的事件正如火如荼地进行着。火光从远处就能看见。火舌高蹿达十一二米高，主事者将生火的预备事项委托给一间烟火技术公司。他们用几米长的木柴堆置出八座庞然大物。堆放之前，还小心地在地上铺上厚厚的沙，以保护地上的砖瓦，使之事情完毕后不致受损。"

如此令人骇然的大火，可不是没有先例。不必远征异国，中国历史上就发生过一次彰明昭著的焚书事件，后人把此一灾难性的大火命名为"秦火"。不幸，这把火就与李斯有关——

始皇三十四年，置酒咸阳宫，博士仆射周青臣等颂称始皇威德。齐人淳于越进谏曰："臣闻之，殷周之王千余岁，封子弟功臣自为支辅。今陛下有海内，而子弟为匹夫，卒有田常、六卿之患，臣无辅弼，何以相救哉？事不师古而能长久者，非所闻也。今青臣等又面谀以重陛下过，非忠臣也。"始皇下其议丞相。丞相谬其说，绌其辞，乃上书曰："古者天下散乱，莫能相一，是以诸侯并作，语皆道古以害今，饰虚言以乱实，人善其所私学，以非上所建立。今陛下并有天下，别白黑而定一尊；而私学乃相与非法教之制，闻令下，即各以其私学议之，入则心非，出则巷议，非主以为名，异趣以为高，率群下以造谤。如此不禁，则主势降乎上，党与成乎下。禁之便。臣请诸有文学、《诗》、《书》、百家语者，蠲除去之。令到满三十日弗去，黥为城旦。所不去者，医药、卜筮、种树之书。若有欲学者，以吏为师。"始皇可其议，收去《诗》《书》百家之语以愚百姓，使天下无以古非今。明法度，定律令，皆以始皇起。同文书。

仆射周青臣等称颂秦始皇"以诸侯为郡县"的威德，博士淳于越则引周为榜样，建议由郡县制复归分封制，秦始皇让丞相李斯拿主意。之所以把决定权放给李斯，恐怕秦始皇早清楚李斯会如何决定，因为这问题此前已经议论过，李斯正是郡县制的坚决支持者："丞相绾等言：'诸侯初破，燕、齐、荆地远，不为置王，毋以填之。请立诸子，唯上幸许。'始皇下其议于群臣，群臣皆以为便。廷尉李斯议曰：'周文武所封子弟同姓甚众，然后属疏远，相攻击如仇雠，诸侯更相诛伐，周天子弗能禁止。今海内赖陛下神灵一统，皆为郡县，诸子功臣以公赋税重赏赐之，甚足易制。天下无异意，则安宁之术也。置诸侯不便。'"（《秦始皇本纪》）王绾和淳于越都主张分封诸侯，差别是前者以当时的政治形势立论（"不为置王，毋以填之"），后者则以周的千年之治与齐田常及晋六卿的弑君来对比，因有"事不师古而能长久者，非所闻也"的结论。

暂且不管淳于越的例子中包含着可能的矛盾（齐、晋难道不是周的天下吗？），他的建议与李斯的回应，可能正是

"法先王"与"法后王"的区别，二者背后都站着不同的大神。先王说本孟子，"为政不因先王之道，可谓智乎？"其义略近于"祖述尧舜，宪章文武"。后王说出荀子，"法后王而一（统一）制度"，《史记·六国年表》云"传曰'法后王'，以其近己而俗变相类，议卑而易行也"。虽然先王、后王的具体所指历代有变，但大义不会错，法先王指效法往古的圣王，法后王则指以近当代之王为法。仔细考察起来，两者均有充分的理论依据，验之事实，其间利弊得失的判断也真是难乎其难。《吕氏春秋·察今》，差不多说出了法先王落实到具体中的关键："凡先王之法，有要于时也。时不与法俱至，法虽今而至，犹若不可法。故择先王之成法，而法其所以为法。"具体到李斯们讨论的问题，当年的"时"到底是什么呢？

"周朝的天子，在西周时还是封贵族为诸侯各自建国的主持封建的共主，到东周进入春秋、战国时代，就仅存虚名……秦国独霸天下以后，取消分封建国的诸侯制度，划天下为郡县，由皇帝直接统治，派官员管理，原来的一些板块合并成一整块。"郡县制充分吸取了东周"诸侯更相诛伐"的教训，用分派官员的形式完成了国家在空间和制度上的统一，是秦始皇灭六国后最能标志自己的成就之一。这点，加上其他各种举措，共同完成了一次深远影响后世的建制："秦始皇不仅创立了帝国规模，还建设了帝国的基础条件。主要的，在经济方面，是全国统一市场；在文化方面，是全国统一文字。这就是所谓'车同轨，书同文'。没有这两个条件，大帝国不能持久。有了以后，政权可以换主持人，帝国照旧，还会扩大，分裂不论多久，还能再合并、统一。"

可惜世上不存在只有一头的棍子，既云建制，就不免革新旧制，旧制一边的事物或人，难免受到或轻或重的冲击，极端表现，就可能是焚书——有时还连带着"坑儒"。

三

纳粹焚书事件发生后两个月，鲁迅以孺牛为笔名在《申报·自由谈》发表《华德焚书异同论》，嘲讽希特勒的这一"壮举"，并追溯了其远渊："阿剌伯人攻陷亚历山德府的时候，就烧掉了那里的图书馆，那理论是：如果那些书籍所讲的道理，和《可兰经》相同，则已有《可兰经》，无须留了；倘使不同，则是异端，不该留了。这才是希特拉先生们的嫡派祖师——虽然阿剌伯人也是'非德国的'。"只是，文章似乎有点为秦始皇辩护的意思："秦始皇烧过书，烧书是为了统一思想。但他没有烧掉农书和医书；他收罗许多别国的'客卿'，并不专重'秦的思想'，倒是博采各种的思想的……希特拉所烧的首先是'非德国思想'的书，没有容纳客卿的魄力……而可比于秦始皇的车同轨，书同文……之类的大事业，他们一点也做不到。"有了前面"法后王"的建制讨论做基础，我们大概不会太意外鲁迅上面的话，但仍然会略略惊讶——焚书这件事不天然是错误的吗，这么写即使对，岂非有曲意回护的嫌疑？

虽然焚书这件事李斯脱不了干系，但在其本传中，却没有出现焚的字样，"臣请诸有文学《诗》《书》百家语者，蠲（juān，清除）除去之"。烧字的出现，是在《秦始皇本纪》中——

> 臣请史官非秦记皆烧之。非博士官所职，天下敢有藏《诗》、《书》、百家语者，悉诣守、尉杂烧之。所不去者，医药、卜筮、种树之书。

拼合这两段记载，相对容易确认的事实是，这次大规模的焚书之举，对不同类别的书作了明确的区分，首先是"医药、卜筮、种树（种、树，种植、栽种）之书"，也就是医药、占卜、农桑类的书"不去"或不烧；其次是"《诗》、《书》、百家语"，也就是后世分类中的经部和子部，官方（博士官所职）可以收藏，民间（天下）收藏则禁止（"杂烧之"）；损失最严重的是后世称谓的历史类图书，"非秦记皆烧之"。

正因为书籍的焚烧情况轻重不一，每个人的关注点又不同，才有后来的各种说法。《史记·六国年表》："秦既得意，烧天下诗书，诸侯史记尤甚，为其有所刺讥也。《诗》《书》所以复见者，多藏人家，而史记独藏周室，以故灭。独有秦记，又不载日月，其文略不具。"经书系统虽然经过焚烧，但民间收藏较多，因此后来得以陆续见于世；史书因为藏于周室，秦统一天下后接手，焚烧时损失最大。后来胡三省注《资治通鉴》，另有一层大胆的推论："秦之焚书，焚天下之人所藏之书耳，其博士官所藏故在。项羽烧秦宫室，始并博士所藏者焚之。"此意提示人们关注书籍损失的主要责任人，秦焚的主要是民间所藏之书，（更为重要的）皇室藏书焚毁，主要过错在项羽火烧秦宫室。稍早于胡三省的郑樵，在《通志略》中还有个更激进的推论："秦亦未尝无书籍也。其所焚者，一时间事耳。后世不明经者，皆归之秦火，使学者睹全书，未免乎疑以传疑。然则《易》固为全书矣，何尝见后世有明全《易》之人哉？自汉已来，书籍至于今日，百不存一二，非秦人亡之也，学者自亡之耳。"浅陋的学者才应该承担书籍亡佚的骂名，秦之焚书倒是"一时间事"，不能把问题一股脑推给秦火。

尽管有如此多不同的说法，但焚书之事基本可以确认，而经常连称的"坑儒"事件，疑问则要大得多。照《秦始皇本纪》，"坑儒"的起因是方士侯生和卢生说秦始皇的坏话："始皇为人，天性刚戾自用，起诸侯，并天下，意得欲从，以为自古莫及己。专任狱吏，狱吏得亲幸。博士虽七十人，特备员弗用。丞相诸大臣皆受成事，倚辨于上。贪于权势至如此，未可为求仙药。"说完就逃跑了。秦始皇发泄怒气找不到具体对象，终于造成了"诸生犯禁者四百六十余人，皆坑之咸阳"的悲惨局面。这事看起来因果清楚，但问题是，为什么说坏话的是方士，受惩罚的是诸生呢？更值得注意的是，这段记载看不出坑儒和焚书之间有什么关系，两者什么时候连在一起讲了？

检前汉贾谊（前200—前168）《过秦论》，在历数秦始皇暴行的时候，只提到焚书，压根没提到坑儒："秦王怀贪鄙之心，行自奋之智，不信功臣，不亲士民，废王道而立私爱，焚文书而酷刑法，先诈力而后仁义，以暴虐为天下始。"扬雄（前53—18）《剧秦美新》指斥秦王朝，也没有涉及坑儒，所谓"划灭古文，刮语烧书，弛礼崩乐，涂民耳目"——如果坑儒的事确凿，难道博览多才的扬雄文章里会安排不进去？就连《史记·儒林列传》，也没有提到坑儒，"及秦始皇兼并天下，燔《诗》《书》，杀术士，六学从此缺矣"，说的仍然是杀术士。"焚书坑儒"连起来说，或许要追溯到后汉初期，班固（32—92）主修的《汉书》，在《五行志》中谓"遂自贤圣，燔诗书，坑儒士"，差不多同时的王充（27—约97）则几乎已经把这一相连问题作为了常识："传语曰：秦始皇燔烧诗书，坑杀儒士。"

话说到这里，几乎可以确认的是，焚书并没有后世想象得那么严重，坑儒则几乎不是毫无疑问的事实，而是一个不断附加出来的事件——当然，这里没有方士就该坑的意思——我想说的是，尽管关于焚书坑儒的记载有如此多的疑问，也可以辩解为"法后王"建制过程中难以避免的问题，但后来（以儒生为主）的读书人有意把这两件事串起来，仍然有其确定不移的理由。因为论证"法后王"的建制合理性，同时包含了一种可怕的逻辑，即如康德《永久和平论》所言，对有些法律执行者来说，"他们的任务并不是去思索立法本身，而是去执行当前本国法典的命令；所以对于他们来说，每一种现行的法律体制以及当其被上级改动时那种随之而来的法律体制就必定永远都是最好的"。一旦造成了严重后果，他们也可以"事后再进行辩解并对暴力加以掩饰"，"这就比事先想好令人信服的理由并且还等待着别人对它们反驳，要更加轻易而又漂亮得多。这种果断性其本身就赋给这一行动的合权利性以一种充满内在信心的面貌，而 bonus eventus［结局成功］之神则是事后最好的权利代理人"。

为避免太多的结局成功之神混淆了历史深处的深创巨痛，作为弱者的一方必须有意无意地不断重复（甚至合理夸大）一些问题，把某个问题作为确定不移的事实巩固下来，最终把单一的事件抽象为无边的象征，以此作为弱者的警戒和强者的符咒，从而确切地告诉人们，有些事是绝无丝毫通融地"不能这么做"！尽管无论如何都无法完全避免凶残之事的发生，但读书人无用的笔墨会在斧钺过处留下无法抹去的痕迹，让它一直作为禁忌（taboo）留在人世间。如此，历史才不只是过去发生的事情，而是成为人群生存的基本条件，与我们每个人都息息相关。我几乎有些怀疑，当司马迁接下来把李斯送进历史深宫的时候，说不定想的正是如何把他象征化？

四

希罗多德《历史》中有一个有名的故事。国王坎道列斯相信自己的妻子是天下最美的女人，无法按捺住得到认可的热望，便对自己宠信的侍卫巨吉斯说："我认为单向你讲我妻子样子美，你是不会信服的……设法子去看她裸体吧。"巨吉斯听到这话叫了起来："主人，您说的是什么话，有毛病吧，竟然吩咐我看我女主人的裸体？女人一脱掉内衣，不就把羞耻一起脱掉了么……我信服您的妻子是天底下最美的女人，求您别要求我做违法的事哟。"可是，经不住坎道列斯的反复劝说，巨吉斯终于去看了王后的裸体，却几乎必然地被王后发现，严厉地对他说："巨吉斯，现在有两条道路摆在你跟前，随你选择。或者你必须把坎道列斯杀死，这样就变成我的丈夫并取得吕底亚的王位，或者现在就干脆死在这间屋子里。"巨吉斯当然选择了杀死坎道列斯。据说，这就是僭主的起源，希罗多德带我们进入的则是"历史的闺房"。

看来，一旦涉及继承问题，我们不小心踏入的，不是历史的闺房，就是历史的深宫。李斯即将踏入的，正是这样的历史深宫。不过，在进入历史幽深的所在之前，他已然来到人生中最鼎盛的时期，而正是在这个时期，他似乎已经预感到了些什么——

斯长男由为三川守，诸男皆尚秦公主，女悉嫁秦诸公子。三川守李由告归（请假回家）咸阳，李斯置酒于家，百官长皆前为寿，门廷车骑以千数。李斯喟然而叹曰："嗟乎！吾闻之荀卿曰'物禁太盛'。夫斯乃上蔡布衣，闾巷之黔首，上不知其驽下，遂擢（提拔）至此。当今人臣之位无居臣上者，可谓富贵极矣。物极则衰，吾未知所税驾（税驾，犹解驾，意谓最后的归歇）也！"

自己位极人臣，长子为封疆大吏，子女皆与皇家缔结婚姻，百官期望结交，的确是一派盛况。可就在这个时候，李斯想起了荀子的话，"物禁太盛"，对自己最终的归歇之处茫然无知。假设李斯真对荀子的话有体会，追踪这话的远源，则来自《易经》丰卦的彖辞，"日中则昃，月盈则食，天地盈虚，与时消息，而况于人乎，况于鬼神乎"。是这样没错吧，哪里会有永远处于鼎盛期的事物呢，《易经》中用来作比方的日和月不只是有昃和食，其本身也处在盛衰的转换之中，人又哪里会永远处于盛期呢？虽然盛衰的转换不可避免，但如果一个人切切实实认识到物极则衰的道理，其实已经走在解决这一问题的道路之上，李斯的感叹说不定正是出于自己的认知？只是，结合《秦始皇本纪》，李斯的感叹，说不定未必是善于沉思者的反省，倒非常可能是擅长实践者就某一具体事情高技巧的表态——

始皇帝幸梁山宫，从山上见丞相车骑众，弗善也。中人或告丞相，丞相后损车骑。始皇怒曰："此中人泄吾语。"案问莫服。当是时，诏捕诸时在旁者，皆杀之。

秦始皇看到李斯出行车骑甚众，大概觉得有些越制，很不高兴。这不高兴应该非常严重，起码秦始皇的近侍宦官（中人）听到了他不高兴的话。某个宦官或者因为跟李斯交好，或者想跟丞相拉拢关系，就把秦始皇不高兴的原因跟李斯说了，李斯立刻减少了车骑。秦始皇发现了这一变化，勃然大怒，就把当时在身边的人全杀了。不妨设想一下，李斯听到给自己通消息的宦官被杀，其心理是怎样的——去跟秦始皇解释吗，那岂不是此地无银三百两？秦始皇可是有名的"少恩而虎狼心"，解释无异于羊入虎口。完全不解释呢，"悍（粗暴）而不信人"的秦始皇又岂会轻易消除疑虑？对照一下时间线，李斯发出"物禁太盛"的感叹，正是在车骑问题前后，这之间的因果关系应该不难推断吧？在感慨中，李斯一面表示自己卑微（"夫斯乃上蔡布衣，闾巷之黔首"），一面颂圣（"上不知其驽下，遂擢至此"），并有求田问舍的暗示（"吾未知所税驾也"），既表达了忠诚，又显示并无野心，不正是对上述事件的巧妙回应？

或者也可以换个角度，看一看李斯当时的年纪。其时李斯已即将七十（六十九岁？），精力开始衰退，反应不再如过去一般灵活，或许还伴随着对自己大去之日的担忧，即便在怎样开心的环境里，也难免会生出凄楚之感。《左传》昭公二十五年所谓"哀乐而乐哀，皆丧心也"，不该开心的时候开心，应该开心的时候不开心，兆示着内在能量的消失，判断和行动将出现问题。最可怕的是，越是一个人精力不济的时候，似乎某些重大的事情反而趁机找上门来——或许也不是事情找上门来，是精力充足时能够应付裕如的事，在精力不济时显得不堪重负——那件大事发生的时候，李斯已年过七十——

> 其年七月，始皇帝至沙丘，病甚，令赵高为书赐公子扶苏曰："以兵属蒙恬，与丧会咸阳而葬。"书已封，未授使者，始皇崩。书及玺皆在赵高所，独子胡亥、丞相李斯、赵高及幸宦者五六人知始皇崩，余群臣皆莫知也。李斯以为上在外崩，无真太子，故秘之。

自西周开始，嫡庶制已逐渐成为帝王继承的首要原则，可到了秦统一六国之后，或许是因为嬴政不满于"泰皇"称号，"去'泰'，著'皇'，采上古'帝'位号，号曰'皇帝'"，虽有"朕为始皇帝，后世以计数，二世三世至于万世，传之无穷"的意图，却没有选定与之匹配的继承人（照"兴义兵，诛残贼，平定天下，海内为郡县，法令由一统，自上古以来未尝有，五帝所不及"的标准，怎么可能会有匹配的继承人呢），因而"无真太子"；也或许是因为长子扶苏对秦始皇焚书坑儒提出了反对意见，"天下初定，远方黔首未集，诸生皆诵法孔子，今上皆重法绳之，臣恐天下不安"，因而被谴，"监蒙恬于上郡"，造成了暂时的继承真空；也或许可以提前剧透，是因为"（始）皇帝独断专行，缺少由他控制的可以经常运转的有力的枢轴以推动整个帝国的官僚大结构，丞相等等只是谋士、办事员，不是主持人，以致他突然死在京外路上，小儿子就可以乘机不发消息而假传圣旨，害死长子和大将，自己继承帝位"。

也不妨把继承问题作为前面法先王还是法后王争论的延续——秦统一六国之后，在选择封建制还是郡县制上法后王，确立了中央直辖的郡县制，可在继承人问题上，却既没有明确法先王的嫡庶制，也没有法后王的创制，难免会在意外出现时难以应对。这个难以应对的问题，因为秦始皇的突然去世，处置的责任完全落到了年迈的李斯肩上。或许是出于谨慎，也或许是因为胆怯，李斯并未显示出杀伐果断的一面，比如按照秦始皇遗诏的暗示确认扶苏的合法继承权，比如依据遗诏的含糊另立继承人，而是优柔寡断地秘不发丧——难道一个特殊的时机会在犹豫中出现？即便真有这样的时机，另外一些怀抱野心的人会有耐心等待下去？

五

野心勃勃的赵高就是在这样的情势下粉墨登场了，先行劝服的是胡亥："上崩，无诏封王诸子而独赐长子书。长子至，即立为皇帝，而子无尺寸之地，为之奈何？"如果我们只看胡亥此时的回应，简直会觉得他是一个明睿的宗亲："废兄而立弟，是不义也；不奉父诏而畏死，是不孝也；能薄而材谫，强因人之功，是不能也：三者逆德，天下不服，身殆倾危，社稷不血食（没有祭祀品，谓绝嗣）。"从胡亥的反应不难看出，此时嫡庶制已深入人心，不应"废兄而立弟"，否则就会"逆德，天下不服"，大旨以"正位凝命"的鼎卦之象为主。赵高此后的回应则援引历史，用的是"汤武革命，顺乎天而应乎人"的革卦之象："臣闻汤、武杀其主，天下称义焉，不为不忠。卫君杀其父，而卫国载其德，孔子著之，不为不孝。"

鼎、革的判断之微妙，真是只在毫厘间，一个小小的砝码就可能改变天平的偏向，继承帝位的诱惑可以是那个砝码，生怕错失时机也可以是那个砝码。善于审度形势的赵高，果然就在胡亥稍微松口的时候（既然说出"今大行未发，丧礼未终，岂宜以此事干丞相哉"，那就是说可以看看丞相的意思了），抬出了"时"这一利器："时乎时乎，间不及谋！赢粮跃马，唯恐后时！"胡亥果然同意了（"既然高之言"），接下来就要说服有可能改变这一走势的李斯——

　　高乃谓丞相斯曰："上崩，赐长子书，与丧会咸阳而立为嗣。书未行，今上崩，未有知者也。所赐长子书及符玺皆在胡亥所，定太子在君侯与高之口耳。事将何如？"斯曰："安得亡国之言！此非人臣所当议也！"

劝说的第一回合，好像是赵高找李斯问计，请李斯来决定这件大事。接下来话头一转，已经语带威胁，即这件大事应由太子、丞相和赵高三人决定，李斯无意间变为少数。不管李斯正处于深思之中被赵高打断，还是听出了赵高话里的威胁之意，反正回答足够强硬——这是亡国之言，不是做臣子应该议论的事。或许是因为见机直进的性格，或许是因为开弓没有回头箭，赵高没有管李斯的反应，劝说继续——

高曰："君侯（尊称李斯）自料能孰与蒙恬？功高孰与蒙恬？谋远不失孰与蒙恬？无怨于天下孰与蒙恬？长子旧而信之孰与蒙恬？"斯曰："此五者皆不及蒙恬，而君责之何深也？"高曰："高固内官之厮役也，幸得以刀笔之文进入秦宫，管事二十余年，未尝见秦免罢丞相功臣有封及二世者也，卒皆以诛亡。皇帝二十余子，皆君之所知。长子刚毅而武勇，信人而奋（鼓励）士，即位必用蒙恬为丞相，君侯终不怀通侯之印归于乡里，明矣。高受诏教习胡亥，使学以法事数年矣，未尝见过失。慈仁笃厚，轻财重士，辩于心而讷于口，尽礼敬士，秦之诸子未有及此者，可以为嗣。君计而定之。"斯曰："君其反位！斯奉主之诏，听天之命，何虑之可定也？”

劝说的第二回合，赵高作用的是李斯的私利。先是比较李斯与蒙恬，暗示扶苏即位，蒙恬必为宰相，加之"未尝见秦免罢丞相功臣有封及二世者也，卒皆以诛亡"，言明一旦被罢免，李斯及其家族的命运将会非常悲惨。接着比较扶苏与胡亥，扶苏虽然有优点（"刚毅而武勇，信人而奋士"），但对李斯不利（"即位必用蒙恬为丞相"）；胡亥呢，"慈仁笃厚，轻财重士，辩于心而诎于口"，几乎是理想的君王，加上"尽礼敬士"，则李斯的地位应该不会受到影响。与此同时，更是把决定之权递交到李斯手上，"君计而定之"。李斯的回答，开始还有强硬的成分（"君其反位"，回到你该在的位置上去，不要瞎操心），但后面的补充就不免流露出了消极，"奉主之诏，听天之命，何虑之可定也"，奉主诏，听天命，那作为重臣的责任在哪呢？或许赵高清晰捕捉住了李斯的这一丝消极，劝说的方式随之改变——

　　高曰："安可危也，危可安也。安危不定，何以贵圣？"斯曰："斯，上蔡闾巷布衣也，上幸擢为丞相，封为通侯，子孙皆至尊位重禄者，故将以存亡安危属臣也。岂可负哉！夫忠臣不避死而庶几，孝子不勤劳而见危，人臣各守其职而已矣。君其勿复言，将令斯得罪。"高曰："盖闻圣人迁徙无常，就变而从时，见末而知本，观指而睹归。物固有之，安得常法哉！方今天下之权命悬于胡亥，高能得志（体会意志）焉。且夫从外制中谓之惑，从下制上谓之贼（按，义或谓此时立胡亥，可以从中制外，从上制下）。故秋霜降者草花落，水摇动者万物作，此必然之效也。君何见之晚？"斯曰："吾闻晋易太子，三世不安；齐桓兄弟争位，身死为戮；纣杀亲戚，不听谏者，国为丘墟，遂危社稷：三者逆天，宗庙不血食。斯其犹人（还算个人，岂能助推这样的事）哉，安足为谋！"

劝说的第三回合，赵高忽然离开世俗层面，把此事高推圣境，一则曰"何以贵圣（圣何以贵）"，再则曰"圣人迁徙无常"，同时拿出"就变而从时"的"重言"，并言此国家层面才可能稳定，在智识的高级层面向李斯喊话。李斯先是念及秦始皇的恩遇，几乎重复了他感叹"物禁太盛"时的话，表示"忠臣不避死而庶几（为贤），孝子不勤劳（忧劳）而见危（导致危险），人臣各守其职而已矣"。可后面的"君其勿复言，将令斯得罪"，几乎暴露了李斯的心声，这话不几乎是"不要牵连我"的意思吗？因此，李斯这个回应，就显得不像是拒绝，而是跟赵高商量——历史上有名的更换太子、兄弟相争、亲戚（亲、戚，亲指族内，戚言族外）不和的例子都造成了极坏的后果，难道这次可以避免？如此孱弱的李斯，能经得起赵高的进一步劝说？

高曰："上下合同，可以长久；中外若一，事无表里。君（您）听臣之计，即长有封侯，世世称孤（古代诸侯君王的自称），必有乔松之寿，孔、墨之智。今释此而不从，祸及子孙，足以为寒心。善者因祸为福，君何处焉？"斯乃仰天而叹，垂泪太息曰："嗟乎！独遭乱世，既以不能死，安托命（托寄生命）哉！"于是斯乃听高。

此前听到赵高的劝说，李斯的表现还勉强符合大臣的表现（说勉强，因为最坚决的方式是把僭越且危险的赵高直接杀掉对吧），也显示出自己的忠诚和激愤。可赵高这段话，不管是许诺还是威胁，实质上都没有比此前的劝说多些什么，为什么李斯会忽然仰天长叹，决定听从赵高呢？这转折来得如此突然，我实在看不出到底什么地方让李斯觉得非如此不可——如果是被说服，理由前面已经讲过，早就应该听从了不是？或许李斯只是惺惺作态，要经过这场反复的劝说秀方改变立场？

或者只是像前面说的，李斯年迈，内在能量正在逐渐消失，已经没有能力处置如此重大的国家事务？也或者，考虑到赵高的"就变而从时"，是这个"时"字击中了早就明白须"得时无怠"的李斯？如果是这样，"时"字竟似乎是催眠系统中的关键暗示，成了胡亥和李斯心理防线的总开关，扳住它就可以操纵他们的选择？如果是这样，是不是能够说，我们前面提到李斯论"时"那"躁急的杂音"，现在显现出来呢？无论推测的结果如何，我们即将见到的是，自从这历史上赫赫有名的"沙丘之谋"后，李斯的心智好像忽然极度滑坡，此后的表现极其失常，让我们觉得他不是处于历史的深宫，而是走在历史的深渊，犹如什么不祥的鬼魅在奋力牵着他的衣襟。

拂世磨俗，立其所欲

——读李斯之三

一

在学校里读书的时候，有一天在图书馆里翻到徐梵澄的《老子臆解》，第一章的解说就让我吃惊非小。那句我们看熟念熟的"故常无，欲以观其妙；常有，欲以观其徼"，徐梵澄据帛书本写成"故恒无欲也，以观其眇。恒有欲也，以观其噭"，并释此句曰："老氏之道，用世道也。将以说侯王，化天下。欲者，侯王之志欲、愿欲也。有欲、无欲异其度，于微、于窍观其通，将以通此道之精微也。"也就是说，《老子》并非我们常常以为的，是讨论有无妙窍的玄虚哲学，而是切切实实的人世洞察。我读完这段之后，当时就觉得，地下材料出土真是一件值得庆幸的事，可以澄清诸多学术上暧昧难明的问题，纠正诸多习非成是的偏见，如徐梵澄在序中所说："建国以来，地不爱宝，鼎彝碑版，时出于山椒水涘。多历代学人梦想而未之见也。"

这个地下材料屡现于世的情形，恐怕并不自建国以来，王国维就说，"中国纸上学问赖于地下之学问者，固不自今日始矣"，但近代以来地下材料的大量出现，差不多可以看成他提出"二重证据法"的背景："吾辈生于今日，幸于纸上之材料外，更得地下之新材料。由此种材料，我辈固得据以补正纸上之材料，亦得证明古书之某部分全为实录，即百家不雅驯之言，亦不无表示一面之事实。此二重证据法，惟在今日始得为之。"仔细推敲一下，或许也可能意识到，地下出土的新材料，固然"一字之殊，固宜珍若瑾琳"，但也不能轻易证实或证伪纸上记载，其间分寸的把握，颇需思量。

2009 年，北京大学入藏一批西汉竹书；2011 年，《文物》杂志刊载一组文章，讨论这批竹书的情况，其中有一篇，是论述其中的《赵正书》；2015 年，上海古籍出版社印行《北京大学藏西汉竹书［叁］》，其中就有《赵正书》的图版、释文和研究文章。之所以特别提到这篇《赵正书》，因为"《赵正书》所涉是历史大事中的大事——事关秦始皇弥留之际对继位人选的安排，事关秦二世皇帝即位的正当性，更事关大秦帝国倾覆的直接原因，至少是透露出这座煌煌帝宫轰然倒塌之前一些闻所未闻的情节，而且其实质性内容又与《史记》的记载绝然不同"。这篇《赵正书》中的"赵正"，即是秦始皇，其间最重要的一点，就牵扯到前文所述的"沙丘之谋"。这篇竹书诸段分析太过繁杂，不妨就来看一下里面关于继承人选择的记载——

赵正流涕而谓斯曰："吾非疑子也。子，吾忠臣也。其议所立。"丞相斯、御史臣去疾昧死顿首言曰："今道远而诏期窘，臣恐大臣之有谋，请立子胡亥为代后。"王曰："可。"

在这段之前，赵正"病即大甚"，意识到自己将不久于人世，怕大臣篡夺帝位，先已用暗示的方式试探过李斯："吾霸王之寿足矣，不奈吾子之孤弱何。……其后不胜大臣之分（纷）争，争侵主。吾闻之：牛马斗而蚊（蚊）虻（虻）死其下；大臣争，赍（齐）民古（苦）。吾衣（哀）令（怜）吾子之孤弱，及吾蒙容之民，死且不忘。其议所立。"秦始皇去世的公元前210年，长子扶苏已经三十一岁，且在外监军，不能说是"孤弱"，倒是时年二十一、寸功未立的胡亥勉强用得上这个词。伴随秦始皇已久的李斯，当然听得懂他的弦外之音，立刻表明忠心："臣窃幸甚，至死及身不足然，而见疑如此，臣等尽当僇（戮）死，以怉（报）于天下者也。"试探完成，赵正才"流涕而谓斯"，再次询问应该立谁为继承人。李斯和另一位重臣冯去疾既已明秦始皇之心意，立即表示，"请立子胡亥为代后"。秦始皇认可了这个选择，于是"王死而胡亥立"。

比较《李斯列传》中关于这段的记载，简直可以说是天渊之别，李斯也由彼处首鼠两端的宫廷小丑，变成了此处深谋远虑的托孤大臣。即便按照学界目前较为明确的倾向，把

《赵正书》看成"街谈巷语，道听途说者之所造也"的小说家言，并确信司马迁的《太史公书》"其文直，其事核，不虚美，不隐善，故谓之实录"，似乎也不能完全排除《赵正书》的部分合理性，所谓"如或一言可采，此亦刍荛（割草打柴的人，谓地位微贱者）狂夫（无知妄为的人）之议也"。比如既然看到了关于胡亥即位问题的不同记载，我们就不得不推想一下，除了李斯本传中的记载，还有哪些材料足以证明胡亥是诈立？

仍然不得不回到《史记》。《陈涉世家》中，陈胜与吴广起兵前商讨："吾闻二世少子也，不当立，当立者乃公子扶苏……诈自称公子扶苏、项燕，为天下唱。"《叔孙通传》中，传主谏汉高祖："秦以不蚤（早）定扶苏，令赵高得以诈立胡亥，自使灭祀，此陛下所亲见。"即便陈胜、吴广起义要借二世不当立以广号召，叔孙通却没有编造故事来说服刘邦的道理对吧，何况还说到了"此陛下所亲见"。因此，胡亥诈立看起来有点板上钉钉的意思。可是，同样在《史记》中，《秦始皇本纪》引用的贾谊《过秦论》，就没有提到胡亥诈立的事；《汉书》收入的贾谊《保傅》，是一篇讨论太子教育问题的文章，所谓"天下之命，悬于太子，太子之善，在于蚤谕教与选左右"，而秦始皇"使赵高傅胡亥而教之狱，所习者非斩劓人，则夷人之三族也"，说的正是太子教育不当的问题，那就是认为胡亥是秦始皇的合法继承人。不止这些，"无论早于《史记》的《新语》《新书》《淮南子》《春秋繁露》，还是稍晚的《盐铁论》等，在或多或少对秦亡的议论中，却鲜少涉及二世继位合法性的问题"。

分析到这里，几乎可以确认，在胡亥是否诈立的问题上，我们面对的差不多是个解不开的死局。这个死局可以在我们宣布信任某一方面时终结，当然也可以借此为线索深入推测过去时代的人心与人世。那就暂且把这些复杂的问题搁置，只说宫崎市定《读〈史记·李斯列传〉》分析"沙丘之谋"的具体记述："秦始皇死后，赵高向二世胡亥献上夺嫡之计，这样的问答应该是在两人间秘密进行的，不可能被第三个人听见，当时的两人此后也没有向任何人公开，因为如果被他人察觉会产生严重的后果。接着，赵高说服李斯参与阴谋，这时的问答也是在两个人之间进行的。李斯同意后又和二世会合，这时依然只有三个人，对于其他人须严格保密，一旦泄露出去就会给三人带来致命的打击。"

也就是说，不管是《史记》还是《赵正书》，记下的都是非常隐秘的事，"或为密勿（机密）之谈，或乃心口相语，属垣（靠着墙偷听）烛隐（照见隐微的地方），何所据依？"那些密室阴谋、闺房私话、个人独白，"亦谁闻之而谁记之欤？"沿着这样的思路追问下去，几乎无法确认任何记载的真实性，甚至会得出很多颠覆性的结论。暂时，我们不妨先像钱锺书说的那样，把诸如此类的写法看成一种特殊的揣摩功夫，"史家追叙真人真事，每须遥体人情，悬想事势，设身局中，付之度之，以揣以摩，庶几入情入理"。《赵正书》暂且不谈，《李斯列传》中绘声绘色记载的"沙丘之谋"，我们不妨相信是太史公的"笔补造化，代为传神"，或者如宫崎市定所言，"三人间的问答终究不可能作为史料流传于当时或者后世，换言之，这无疑是一种创作"。如果真的是这样，《李斯列传》此后的记载会不会也是一种创作？

二

列奥·施特劳斯在《论僭政》引言里说："直到十八世纪末，色诺芬普遍被看作一个严格意义上的智慧者和经典作家。在十九和二十世纪，色诺芬被当成一个哲人与柏拉图相比，结果发现他不够格；他又被当成一个史家与修昔底德相比，结果又发现他不够格……可以合理地假定，色诺芬一时的声名衰退——就如李维和西塞罗一时的声名衰退一样，缘于对修辞学之意义的理解降低了：十九世纪特有的'理念主义'和特有的'现实主义'都受'技术'（Art）的现代概念引导，因此，两者都不能理解修辞学这一低等技艺至关重要的意义。尽管两种'主义'由此能为柏拉图和修昔底德各自找到一个位置，却完全不能恰切地理解色诺芬。"施特劳斯的这本书，就是详细解读色诺芬《希耶罗或僭主》的尝试。我们不用跟着思潮的起伏确认色诺芬作为经典作家是否够格，先来看作品中僭主希耶罗描述的自己的样子。

《希耶罗或僭主》，通篇是雅典智慧者西蒙尼德和叙拉古僭主希耶罗的对话。据说，西蒙尼德之所以不跟与自己关系密切的雅典僭主希帕科斯对话，而是大老远跑去叙拉古，是因为"色诺芬显然希望避免'僭政'与'雅典'两个话题之间的任何关联"，因为他的老师苏格拉底曾被怀疑教导门人"成为僭主"。或许只有让人物离开自己的城邦，作者才能有效地保护自己，西蒙尼德也才有机会听到一个僭主吐露自己的心声："尽管僭主们认识的勇武者、智慧者和正义者一点不比平民们少，但他们不是仰慕而是恐惧这些人：勇敢者呢，是唯恐他们会为了自由铤而走险；智慧者呢，是唯恐他们会策划什么；正义者呢，是唯恐多数人会渴望受他们统治。当僭主们出于恐惧偷偷除掉这些人时，还剩下什么人供他们驱使呢，除了那些不正义者、不自制者和奴性者？不正义者受信任，是因为他们像僭主们一样恐惧，一旦诸城邦哪一天变得自由，也就会变成他们的主宰；不自制者受信任，是因为他们当下的放纵；奴性者受信任，是因为甚至他们也不认为自己配得到自由。所以，这种痛苦至少在我看来很残酷：认为这些人才是好男人，却被迫驱使其他人。"

或许是为了避免潜在的僭主觊觎自己的位置，希耶罗向西蒙尼德痛陈自己悲惨的状况，竭力表明"无论是身体性的快乐，还是诸种善好（和平、爱/友谊、信任、父邦、财富、好人的陪伴等）带来的快乐，僭主享有的远远少于平民，而且承受着僭主之位所带来的恐惧和种种不幸"。僭政最悲惨的地方在于，"摆脱僭政并不可能"，他们必须在两难之中挣扎，"对于公民里头让僭主们害怕的那些人，僭主们看他们活着难，杀掉他们也难。这就像有一匹好马，却让人恐惧它或许会造成某种致命的伤害；念在这匹马的德性上，一个人杀掉它难，但留它活着驾驭起来也难，还得时刻留心，以免它在危险之中造成某种致命的伤害"。即便不再去探讨这作品更深入复杂的意图，只看以上对僭主两难困境的活生生描述，是否已经足够表明色诺芬的卓越了？如果从这个角度来看胡亥，上面的两难描述也差不多有一种反向的准确——

　　二世燕居（闲居），乃召高与谋事，谓曰："夫人生居世间也，譬犹骋六骥（快马）过决隙（裂缝）也。吾既已临（统治）天下矣，欲悉耳目之所好，穷心志之所乐，以安宗庙而乐万姓，长有天下，终吾年寿，其道可乎？"高曰："此贤主之所能行也，而昏乱主之所禁也。臣请言之，不敢避斧钺之诛，愿陛下少留意焉。夫沙丘之谋，诸公子及大臣皆疑焉，而诸公子尽帝兄，大臣又先帝之所置也。今陛下初立，此其属意怏怏（怨恨）皆不服，恐为变。且蒙恬已死，蒙毅将兵居外，臣战战栗栗，唯恐不终。且陛下安得为此乐乎？"二世曰："为之奈何？"赵高曰："严法而刻刑，令有罪者相坐诛，至收族（逮捕全家），灭大臣而远骨肉；贫者富之，贱者贵之。尽除去先帝之故臣，更置陛下之所亲信者近之。此则阴德归陛下，害除而奸谋塞，群臣莫不被润泽，蒙厚德，陛下则高枕肆志宠乐矣。计莫出于此。"二世然高之言，乃更为法律。于是群臣诸公子有罪，辄下高，令鞫（审讯）

治之。杀大臣蒙毅等，公子十二人僇（戮）死咸阳
市，十公主矺（分裂肢体）死于杜，财物入于县官
（官府），相连坐（因他人犯罪而使与犯罪者有关系
的人连带受刑）者不可胜数。

胡亥诈立之后，首先想到的是及时享乐，"欲悉耳目之
所好，穷心志之所乐"，家国问题只是捎带着解决，"以安宗
庙而乐万姓，长有天下"，并且希望自己尽天年（"终吾年
寿"）有此欲乐。胡亥的这种心情，正是僭主的特征："僭
主应该会拒绝正义和高贵之物或说拒绝美德，并追求快乐之
物；或者说，由于美德是属于人的善，僭主应该会拒绝善而
追求快乐之物。"悖反的结论是："除非僭主变得尽可能有美
德，否则便无法获得快乐，尤其是……缘于被爱的快乐。"
跟希耶罗不同的是，看起来以诈立得天下的秦二世似乎没有
那么多担心，只希望一直享受作为僭主的诸种快乐。只是最
后的那个问号，透露了他隐隐的担忧，也显现出僭主身上美
德与快乐间的巨大鸿沟。

或者，从先意承志的赵高回应二世的话里，我们可以看
出胡亥担忧的是什么——"夫沙丘之谋，诸公子及大臣皆疑
焉，而诸公子尽帝兄，大臣又先帝之所置也。今陛下初立，
此其属意怏怏皆不服，恐为变"。这种永远不会结束的担忧，
正是"僭主之位所带来的恐惧和种种不幸"。为了免除这诸
多担忧，即便知道将兵居外的蒙毅和自己的亲族"才是好男
人"，却因为他们可能"造成某种致命的伤害"，胡亥不得不

展开屠杀，所谓"灭大臣而远骨肉"，从而使"贫者富之，贱者贵之"，所谓"被迫驱使其他人"。

杀戮会带来更多杀戮，恐惧会带来更多恐惧，最终，无法摆脱僭政的僭主不得不意识到："一个僭主怎么能清偿他所劫掠的那么多人的钱财呢？他怎么能反过来遭受他对那么多人的囚禁呢？他又怎么能提供那么多条命来抵偿他杀死的那些人呢？"既然无法摆脱，那就只好一面继续已经开始的醉生梦死，一面拉更多的人来加入己方的阵营，以此安慰自己的不够自信。当然了，如果拉来的还是德高望重或劳苦功高的人物，就更有说服力了——在当时的情形下，这个不得不出面表态的人物，正是倒霉的李斯。

三

在《希耶罗或僭主》中，希耶罗哭诉完僭主的坏处，智慧者西蒙尼德不为所动，而是向他证明，"僭主可以成为最幸福的人"，色诺芬也由此处理了如下问题："一种既有的、有缺陷的政治秩序如何能得到修正，却无需转变成一种好的政治秩序。"也正因为如此，色诺芬的这本小册子或许是对现代人一种有意味提示，僭政并非只是古老的存在，它几乎伴随着人群生活始终，"是一种与政治生活同步发生的危险"。

这结论并非危言耸听，我们可以设想，每一个新兴的王朝都有被指为僭政的风险，否则也不会有"食肉毋食马肝，未为不知味也；言学者毋言汤武受命，不为愚"的止争之策对吧？更需要注意的是，僭政还通过一种变形的方式窃取了现代生活的主导权："有赖'征服自然'，尤其是征服人的自然（human nature），我们如今面对着要变成早先的僭政从未变成的东西——永存的和普世的僭政。面对着令人惊悚的可能——人或人的思想必须得到集体化，或由毫无怜悯的一击，或由缓慢且温和的过程——我们不得不追问我们如何能逃脱这一困境。"这问题追问起来太过复杂，我们还是回到那个没有自觉意识到僭政困境的秦二世，看看他究竟如何作为。

胡亥接受了赵高的建议，杀大臣、戮公子、砥公主之后，不但没有及时收敛，反而变本加厉，"法令诛罚日益刻深，群臣人人自危，欲畔者众。又作阿房之宫，治直道（直路）、驰道（为帝王行驶车马而修建的道路），赋敛愈重、戍徭无已。于是楚戍卒陈胜、吴广等乃作乱，起于山东，杰俊相立，自置为侯王，叛秦"。我们回头来看西蒙尼德对希耶罗的谈话，几乎觉得可以挪用过来劝说秦二世："你认为什么更会带给你声誉：花了大价钱装饰过的房子，还是建有城墙、庙宇、廊柱、市场和港口的整个城邦？怎么会让敌人觉得你更可怕：你自己披挂上最骇人的武装，还是你的整个城邦武装精良……身为僭主的男人不宜与平民们竞赛。因为，即便你取胜，你也不会受钦佩，反倒会遭嫉妒，因为你耗费了许多人的家产；可如果你落败，你就会在所有人里面最受嘲笑。"比较起来，赵高没有西蒙尼德的智慧，因而不会对胡亥有这样的引导，秦二世也就几乎在上述的每一个点上都做了相反的选择。

那李斯呢，那个学有所本、老于世故、见多了兴衰的李斯呢？李斯数次想进谏，二世不但未许，反而责问起来："夫所贵于有天下者，岂欲苦形劳神，身处逆旅之宿，口食监门（守门小吏）之养，手持臣虏（奴隶）之作（做工）哉？此不肖人之所勉也，非贤者之所务也。彼贤人之有天下也，专用天下适己而已矣，此所以贵于有天下也。夫所谓贤人者，必能安天下而治万民，今身且不能利，将恶能治天下哉！故吾愿肆志广欲，长享天下而无害，为之奈何？"面对秦二世既想穷奢极欲，又欲长享天下的念头，李斯不但没有设法劝止，还出于恐惧和重爵禄的原因，"乃阿二世意，欲求容，以书对曰"。这封上书，就是有名的"行督责书"——

　　夫贤主者，必且能全道而行督责（察明臣下的过失而处以刑罚）之术者也。督责之，则臣不敢不竭能以徇（顺从）其主矣。此臣主之分定，上下之义明，则天下贤不肖莫敢不尽心竭任以徇其君矣。是故主独制于天下而无所制也。能穷乐之极矣，贤明之主也，可不察焉。
　　……
　　且夫俭节仁义之人立于朝，则荒肆之乐辍矣；谏说论理之臣间于侧，则流漫（放纵）之志诎矣；烈士死节之行显于世，则淫（过度）康（乐）之虞

（娱）废矣。故明主能外此三者，而独操主术以制听从之臣，而修其明法，故身尊而势重也。凡贤主者，必将能拂世（与世情相反）磨俗（让习俗服从自己），而废其所恶，立其所欲，故生则有尊重之势，死则有贤明之谥也。是以明君独断，故权不在臣也。然后能灭仁义之涂，掩驰说之口，困烈士之行，塞聪掩明，内独视听，故外不可倾以仁义烈士之行，而内不可夺以谏说忿争之辩。故能荦然独行恣睢之心而莫之敢逆。

......

若此则谓督责之诚，则臣无邪，臣无邪则天下安，天下安则主严尊，主严尊则督责必，督责必则所求得，所求得则国家富，国家富则君乐丰。故督责之术设，则所欲无不得矣。群臣百姓救过不给（及），何变之敢图？若此则帝道备，而可谓能明君臣之术矣。

这上书太长了（或者也不是太长，只比《谏逐客书》多二百来字，可重复啰嗦、大讲道理的地方太多，让人觉得冗长），所以截取了一部分来看。如果上面引文的首尾两段还有点为君王设想的意思，中间的这段几乎可以算得上匪夷所思了是吧？哪个理智健全的人会让君王远离俭节仁义之人、谏说论理之臣、烈士死节之行，驰骋自己的荒肆之乐、流漫之志、淫康之虞，从而"拂世磨俗，而废其所恶，立其所欲"？这不等于是说让对方做一个坏君主吗？即便秦较少中原地区的道德顾忌，难道会不知道社会总体的评价标准？李斯这样跟二世说话，如果不是已经年老昏聩，那一定是有意讽刺吧？从后来胡亥的反应（"二世悦"）来看，李斯的话应该既投合了他的意志，他也没有觉得是讽刺。由此反推，李斯既没有老昏到说胡话，也没有刻意讽刺。

李斯不昏，也无意于讽刺，那进一步推论下去，就是李斯无耻之尤或二世愚笨之极，君臣二人居然如此明目张胆地主张或耽于逸乐而无所顾忌。在《秦汉史》中，吕思勉就提出了疑问："赵高责李斯，及斯上书，皆以行督责恣睢广意为言……世有立功而必师古者矣，有图行乐而必依据师说者乎？"怪不得王夫之在《读通鉴论》中说："李斯之对二世，曰明主灭仁义之涂，绝谏争之辩，荦然行恣睢之心。尽古今概贤不肖，无有忍言此者，而昌言之不忌。呜呼！亦何至此哉！斯亦尝学于荀卿氏矣，亦尝与始皇谋天下而天下并矣。岂其飞廉、恶来（助纣为虐者）之所不忍言者而言之不忌，斯之心其固以为然乎？……无他，畏死患失之心迫而有所不避耳。"

如果换个角度，即假设上督责书不是因为李斯的昏聩，也不是因为他的"畏死患失之心"，那有否可能上书是伪造的呢？吕思勉《史籍选文述评》谓："此篇为伪造文件之例。文件在后世，不易伪造，然在前世，则不乏其例。盖其时文字用少，史实皆由口传；口传者，原不易记文件之原字句。且古人言语粗略，我们现在说'彼以为''彼盖云'作为揣测之辞者，古人则径以为其人所说；而口语与书面，又不严格区别，遂成为伪文件矣。"吕思勉没有提供此为伪造文件的证据，不妨从宫崎市定的讨论中引述一段："文中将被称为世间贤主的明君之德定义为'死则有贤明之谥也'。秦始皇成为天子的同时就废除了给前代君主赠谥的制度，这是历史上有名的事件，当时参与朝议的李斯不可能对二世说这样的话。"秦始皇废谥的记载，见于《本纪》："朕闻太古有号毋谥，中古有号，死而以行为谥。如此，则子议父，臣议君也，甚无谓，朕弗取焉。自今已来，除谥法。朕为始皇帝。"

当然了，我们可以出于对司马迁的信任，辩说秦始皇虽然讲过这话，可此后情形发生了变化（即便没有记载能证明）；或者推测司马迁所据的资料有问题，他没有来得及仔细甄别就采入书中（没整齐好的百家杂语）；或者认为这种记载中的自相矛盾之处，是后人的窜乱所致（指出者代不乏人）……无论各种说法看起来多么有道理，我们到这里都不得不意识到，《史记》中关于李斯的记载应该是多少存在些问题的，也就让我们对李斯本传此后的叙述产生了深深的疑惑。

东门逐兔，岂可得乎

—— 读李斯之四

一

读过奥威尔《一九八四》的人，应该都对其中无处不在的"电幕"和无时不有的"思想警察"心有余悸。这种权力的运作是直接的，最终形成的是显见的全面监控与管制。相比起来，中国古代的某种权力运作方式则多是间接的，凭借的是莫测的威势，所谓"掩其聪明，深藏而不可测"。钱锺书《管锥编》中说这种方式是"儒、道、法、纵横诸家言君道所异口同词者"的"主道"（君人南面之术），其要在"深藏密运，使臣下莫能测度"。此下征引"莎士比亚剧中英王训太子，谓无使臣民轻易瞻仰（lavish of presence），见稀（seldom seen），则偶出而众皆惊悚（woudered at）"等，大概是要说明，即便"主道"也不免"东海西海，心理攸同"。触发钱锺书这段言论的，一是上面所说秦始皇发现身边人与李斯暗通消息，便"诏捕诸时在旁者，皆杀之，自是后莫知行之所在"，另一是李斯上督责书之后赵高说二世之辞——

> 初，赵高为郎中令，所杀及报私怨众多，恐大臣入朝奏事毁恶之，乃说二世曰："天子所以贵者，但以闻声，群臣莫得见其面，故号曰'朕'。且陛下富于春秋，未必尽通诸事，今坐朝廷，谴举有不当者，则见短于大臣，非所以示神明于天下也。且陛下深拱（拱手深居）禁中，与臣及侍中（侍从皇帝左右的）习法者待事，事来有以揆（研究）之。如此则大臣不敢奏疑事（难以辨别之事），天下称圣主矣。"二世用其计，乃不坐朝廷见大臣，居禁中。赵高常侍中用事，事皆决于赵高。

如果说秦始皇"深藏密运"是主动的选择，胡亥的"深拱禁中"则完全是被动的听从了。相比赵高，在与秦二世的关系上，很早就意识到要"得时无怠"的李斯一开始就错失了先机，而跟从荀子学习过帝王术的他也显然没能揣摩准胡亥的心思——这或许说明，李斯既失去了对"时"的高度敏感，也辜负了帝王术为生民一端的进取之义——政局和自身难免就此陷于被动。如果用传统"小人无咎"的标准来衡量，当时"刑者相半于道，而死人日成积于市，杀人众者为忠臣"的残酷局面，小人心性的赵高可以免责，而学有师承且位居要职的李斯则无法为自己开脱。失去了先机，一个本该负有责任的人不光会被责备，那个站在对立面的小人得势后，肯定不会善罢甘休（没有节制正是小人的特征之一）。既然已经稳住了秦二世，赵高接下来要对付的当然是可能对自己造成妨碍的重臣，李斯首当其冲——

　　高闻李斯以为言（因之而有怨言），乃见丞相曰："关东群盗多，今上急益发繇（征派徭役）治阿房宫，聚狗马无用之物。臣欲谏，为位贱。此真君侯之事，君何不谏？"李斯曰："固也（固然如此），吾欲言之久矣。今时上不坐朝廷，上居深宫，吾有所言者，不可传也，欲见无间（没有机会）。"赵高谓曰："君诚能谏，请为君候上间（空闲）语君。"于是赵高待二世方燕乐，妇女居前，使人告丞相："上方间，可奏事。"丞相至宫门上谒，如此者三。二世怒曰："吾常多闲日，丞相不来。吾方燕私，丞相辄来请事。丞相岂少我（欺我年少）哉？且固我（让我难堪）哉？"赵高因曰："如此殆（危险）矣！夫沙丘之谋，丞相与焉。今陛下已立为帝，而丞相贵不益（提高），此其意亦望裂地而王矣。且陛下不问臣，臣不敢言。丞相长男李由为三川守，楚盗陈胜等皆丞相傍县之子（邻县的人），以故楚盗公行，过三川，城守不肯击。高闻其文书相往来，未得其审（确切情况），故未敢以闻。且丞相居外，权重于陛下。"二世以为然。欲案（审讯）丞相，恐其不审，乃使人案验三川守与盗通状。李斯闻之。

不知道李斯高估了自己的实力，还是对身边的人过于信任，他对赵高专权不满的怨言，居然传到了本主耳中，是不是有点过于不谨慎了？这种机会出现，赵高当然不会放过，于是变被动为主动，以自己地位低贱不便谏言为由，劝说李斯向秦二世进谏。不可思议的是，李斯居然没有怀疑赵高的话，看起来信任赵高会给他找到合适的进谏时机。赵高不但没有趁二世空闲的时候给李斯通风报信，反而选了胡亥为乐正欢的时候告知李斯前来。以李斯的身份和见识，上过一次这样的恶当就应该明白形势了，居然还"如此者三"，当然会激怒二世，差不多是有意递出了赵高坑害自己的机会。

果然，赵高就此向胡亥提到了"沙丘之谋"，一者言李斯参与确立二世，地位却没有得到相应提升，肯定心怀不满；一者言李斯的儿子作为三川郡守，却不肯出兵平息乱局，有通敌的可能。这还是明面上的说辞，另一个心照不宣的理由，应该是担心李斯公开沙丘之谋的秘密，二世的继位合法性遭到强烈质疑。一直是这样没错吧，心怀秘密，本身就已经是罪过，何况还是一个有可能左右政局（"丞相居外，权重于陛下"）的人呢？二世由此起了审讯李斯的心，也算得上不为无由吧。既然治罪的心思已生，剩下的只是怎么寻找借口罢了——

李斯不得见，因上书言赵高之短曰："臣闻之，臣疑（拟〔擬〕，比拟）其君，无不危国；妾疑其夫，无不危家。今有大臣于陛下擅利擅害（专擅赏罚），与陛下无异，此甚不便（妥当）……陛下不图，臣恐其为变也。"二世曰："何哉？夫高，故宦人也，然不为安肆志，不以危（诡）易心，絜（洁）修善，自使至此，以忠得进，以信守位，朕实贤之，而君疑之，何也？且朕少失先人，无所识知，不习治民，而君又老，恐与天下绝矣。朕非属赵君，当谁任哉？且赵君为人精廉强力，下知人情，上能适朕，君其勿疑。"李斯曰："不然。夫高，故贱人也，无识于理，贪欲无厌，求利不止，列势次（仅次于）主，求欲无穷，臣故曰殆（危险）。"二世已前信赵高，恐李斯杀之，乃私告赵高。高曰："丞相所患者独高，高已死，丞相即欲为田常所为（田常乃弑君者）。"于是二世曰："其以李斯属郎中令（交郎中令查办）。"

李斯吃了赵高的暗亏，且已知道二世准备审讯他，却没有急流勇退，反而进一步踏入泥潭，向二世上书言赵高之短。即便已经上书，二世表示信任赵高，并给出了"君其勿疑"的回答，总应该知难而退了吧？没想到李斯继续数说赵高的不是，反而引发了二世对赵高的担心，就把李斯的话私下告诉了赵高。赵高当然揣摩得出二世的心思，趁机把李斯列为拟弑君者的行列。

即便如此，从上面的叙述来看，仍然没有李斯弑君或其他犯案的事实证据。只是，"欲加之罪，何患无辞"，真要治一个人的罪，哪里需要什么证据，"莫须有"或自由心证就足够了对吧？长期受现代法治熏陶的人大概会觉得有些儿戏——一国的宰相就这么几乎毫无理由地治罪下狱了？非常不幸，事情大概正是这样古今一律。其实何止李斯的治罪理由，从上面的赵高构陷李斯，到这里的李斯喋喋不休，都有点儿戏的样子，显得像某种故事传说。读的时候是不是偶尔会有点含糊，觉得这是一篇不知出自哪里的小说？

二

说《李斯列传》的这段记载像故事或小说，可不是我闭门造车想出来的，郭嵩焘《史记札记》就说："史公传李斯，历载赵高所以愚弄二世及李斯者，多近于故事传说……皆如小说家言，汉代或有此传说，史公以所闻而附之《李斯传》，亦疑以传疑之意也。"当然，郭嵩焘所言的小说，并非现在虚构意义上的小说，而是区别于六家九流的"大说"，属官方记载之外的"稗官野史"。宫崎市定更是提出一个大胆的设想："在战国秦汉都会的市里，市民集合后会由两到三个人作为演员，通过表演和念白的形式讲述故事，在民众的喝彩声中打发时间。这就被称为'偶语'，偶语家中专职侍奉王侯的就叫作'优'。"也就是说，宫崎把"有敢偶语《诗》

《书》者弃市"中的偶语，解释成了类似于现在相声小品的演出，和"整齐百家杂语"中的"杂语"一样，"是市民聚在一起相互攀谈、相互聆听、相互表演取乐"的一种形式，而司马迁搜集和筛选这些偶语和杂语，并经过精心加工，将其写入了《史记》。

上面的说法可能听起来过于刺激，那就用宫崎市定另外一种表述："由于司马迁努力汲取民间的说唱故事，因而显得非常写实，也非常精彩，人物个性栩栩如生。但若要将之作为严格的史料，就不得不好好思考一下它的可信度了。"好点了是不是？再来看吕思勉更平实一点的说法："正式史籍之出现，乃由人类知重客观事实而起。此观点之初步发展，为'信以传信，疑以传疑'，更发展则为'作史者惟恐其不出于人'。"尽管秦汉时期已经有所谓的史籍，但"简策之用尚少，行事率由口耳相传，易致讹缪；汉人又多轻事重言，率意改易；故其所传多不足信，秦与汉初事尤甚……《李斯列传》所载赵高之谋，二世之诏，李斯之书，皆非当时实录也……此说或将为人所骇，然深知古书义例者，必不以为河汉（言论夸诞迂阔）也。"不过，无论意见多么复杂，只要不是阴谋论的深度患者，我们仍然可以确认基本的事实，即李斯终于被下狱了——

> 于是二世乃使高案丞相狱，治罪，责斯与子
> 由谋反状，皆收捕宗族宾客。赵高治斯，榜掠（拷
> 打）千余，不胜痛，自诬服（无辜而服罪）。斯所

以不死者，自负其辩，有功，实无反心，幸得上书自陈，幸二世之寤（赶上）秦之地狭隘。先王之时秦地不过千里，兵数十万。臣尽薄材，谨奉法令，阴行（暗中派遣）谋臣，资之金玉，使游说诸侯，阴修甲兵，饰政教，官斗士，尊功臣，盛其爵禄，故终以胁韩弱魏，破燕、赵，夷齐、楚，卒兼六国，虏其王，立秦为天子。罪一矣。地非不广，又北逐胡、貉，南定百越，以见秦之强。罪二矣。尊大臣，盛其爵位，以固其亲。罪三矣。立社稷，修宗庙，以明主之贤。罪四矣。更克画，平斗斛度量文章，布之天下，以树秦之名。罪五矣。治驰道，兴游观，以见主之得意。罪六矣。缓刑罚，薄赋敛，以遂主得众之心，万民戴主，死而不忘。罪七矣。若斯之为臣者，罪足以死固久矣。上幸尽其能力，乃得至今，愿陛下察之！"书上，赵高使吏弃去不奏，曰："囚安得上书！"

李斯下狱之后，因为经不住拷打而认罪，之所以没有自杀，是自恃劳苦功高，且没有造反的心，希望能够上书让二世明白且赦免自己。也就是说，到这时候，李斯还没有意识到二世和赵高已经沆瀣一气，居然把希望寄托在出卖了自己的胡亥身上，因此上书言自己的"七宗罪"。照宫崎市定的说法，这上书"第一宗罪说得非常详细，但第二宗以后就

十分简略，仅仅列出了概要，前后的感觉很不平衡"。而且，
"李斯上书后，赵高使吏弃去不奏……自然不能保留在政府
的史官那里"，此后就是长时间的动乱，上书留存的可能非
常小。或按梁玉绳《史记志疑》所言，"始皇二十八年李斯
尚为卿，本纪可据，疑三十四年始为丞相，则相秦仅六年"，
难道李斯竟然记错了自己为相的时间，还是竟然在乞求宽恕
的上书中捏造事实？更让人难以理解的是，在这封"幸二世
之寤而赦之"的上书中，李斯居然不是恳切地诉说自己不
该判罪的理由，反而采取了正话反说的修辞，对自己明贬
实褒，似为承认自己有七宗罪，实是说明自己有七重功——
这岂不是要激起二世的恶感吗？"自侈其极忠，反言以激二
世"，哪里像老成的重臣所为，更像是不谙世事的孩子负气
的言论吧？

　　这样一个几乎算得上心智失常的李斯，当然会被赵高玩
弄于股掌之间："赵高使其客十余辈，诈为御史、谒者、侍
中，更往覆讯斯。斯更以其实对，辄使人复榜之。后二世使
人验斯，斯以为如前，终不敢更言，辞服（认罪屈服）。"我
们当然可以说，进入老年的李斯头脑昏沉，入狱后更是进退
失据，无法保持一贯的思维水准，可就在被捕后、上书前的
一段时间里，李斯还对局势有清醒的认识，并发出了与自己
身份相符的深长叹息——

　　　　赵高案治李斯。李斯拘执束缚，居囹圄中，仰
　　天而叹曰："嗟乎！悲夫！不道之君，何可为计哉！

昔者桀杀关龙逄，纣杀王子比干，吴王夫差杀伍子胥。此三臣者，岂不忠哉！然而不免于死，身死而所忠者非也。今吾智不及三子，而二世之无道过于桀、纣、夫差，吾以忠死，宜矣。且二世之治岂不乱哉！日者（往日）夷（杀）其兄弟而自立也，杀忠臣而贵贱人，作为阿房之宫，赋敛天下。吾非不谏也，而不吾听也。凡古圣王，饮食有节，车器有数，宫室有度，出令造事，加费而无益于民利者禁，故能长久治安。令行逆于昆弟，不顾其咎；侵杀（迫害）忠臣，不思其殃；大为宫室，厚赋天下，不爱其费。三者已行，天下不听。今反者已有天下之半矣，而心尚未寤也，而以赵高为佐。吾必见寇至咸阳，麋鹿游于朝也。"

李斯的这段狱中感叹，是不是有点让我们想到了意气洋洋的《谏逐客书》？即便这里已经是感叹，仍然有一种朗然之气，符合自己重臣的身份和所处的环境。文中所举三君三臣的例子直接而典型，指斥二世的无道、表明自己的竭忠毫不含糊，古圣王与秦二世的所作所为对比相当强烈，"吾必见寇至咸阳，麋鹿游于朝也"的预言也形象鲜明。这哪里是上督责书时重复啰嗦、上狱中书时鲁莽颟顸的人能说出来的话？可是，我们仍然不得不怀疑的是，如果这段狱中感叹出于李斯，那么他起码忘记了，二世得以"夷其兄弟而自立"自己有分，"作为阿房之宫，赋敛天下"他也有劝进之责，而那个获得了极高权柄的赵高，正是因为自己的失策才得以上位。这么前后对照着读下来，我们不得不说，作为历史看，这里不是记载前后不一，就是材料来源不够可靠；作为小说看，这里不是人物性格不统一，就是叙述逻辑有问题——无论如何，那个叙述中矛盾重重的李斯，来到了他落幕的时刻。

三

到这里，我们或许已经发现，自从沙丘之谋后，《李斯列传》的主要推动力已经不是李斯，而是赵高了，"名义上的主人公是李斯，但实际活跃的却是赵高，李斯不过是毫无色彩的配角而已"。不止李斯，那个惟赵高之命是从的秦二世，不也是毫无色彩的配角吗，至多算得上缺乏判断、贪图享乐、暴戾恣睢的扁平人物。帮忙篡夺帝位之后，赵高对秦二世简直是予取予求，看看他在李斯被屈打成招后的嘴脸吧："二世喜曰：'微（没有）赵君，几为丞相所卖。'"即便不考虑李斯的冤屈，国家重臣认罪，处于最高位置的人居然不是担忧，而是喜不自禁，真是理解为难。

不止如此，二世的扁平形象，在"指鹿为马"一段中最为明显："高自知权重，乃献鹿，谓之马。二世问左右：'此乃鹿也？'左右皆曰'马也'。二世惊，自以为惑（糊涂），乃召太卜，令卦之。"竟然无法确认自己能否分清鹿、马，糊涂到需要太卜起卦，是不是有点日语"马鹿"（笨蛋）的意思？或许，秦二世的马鹿形象，如洪迈《容斋随笔·秦隋之恶》所说，"为天下君而得罪于民，为万世所麾斥（斥骂）者，莫若秦与隋，岂二氏之恶浮于桀、纣哉？盖秦之后即为汉，隋之后即为唐，皆享国久长。一时论议之臣，指引前世，必首及之，信而有征，是以其事暴白于方来，弥远弥彰而不可盖也"。无论原因是什么，指鹿为马已经是李斯身后的事情，他"寇至咸阳，麋鹿游于朝也"的预言在去世后第二年就成了现实。现在，经过了漫长的岁月，七十三岁的李斯来到了他人生的终点——

> 二世二年七月，具斯五刑（黥，刺面；劓，割鼻；斩左右趾；枭首；菹［剁碎］其骨肉），论腰斩（用重斧从腰部将人砍作两截）咸阳市。斯出狱，与其中子俱执（押解），顾谓其中子曰："吾欲与若复牵黄犬，俱出上蔡东门逐狡兔，岂可得乎。"遂父子相哭，而夷三族（父族、母族、妻族）。

实在想象不出二世或赵高对李斯有多么愤恨，才让他既具五刑，又论腰斩，或许，按照宫崎市定的推测，对于赵高来说，李斯真的是他"母亲（有可能还有父亲）以及让自己遭受宫刑耻辱的恨之入骨的仇人……连杀害李斯都要在具五刑后腰斩"。就在临刑之前，绝境中的李斯仿佛恢复了丢失已久的才华和气度，对他的二儿子说出了此后广为流传的话："吾欲与若复牵黄犬，俱出上蔡东门逐狡兔，岂可得乎。"在前面所述酷刑的惨烈对照之下，这句话显得尤为雍容，其间的形象也极为鲜明。后世诗人只要写到李斯，差不多都会引到这一段——"执爱子以长别，叹黄犬之无缘。"（李白《拟恨赋》）"顾索素琴应不暇，忆牵黄犬定难追。"（白居易《九年十一月二十一日感事而作（其日独游香山寺）》"二世三公何足论，忆牵黄犬出东门。"（宋刘敞《题李斯墓》）"不悟逐时错上书，还临刑市悲牵狗。"（明林时《李斯叹》）"李家黄犬归何处，狡兔纵横遍汝南。"（清彭而述《经上蔡》）

大概不该在这时候说，李斯临终的这段感慨，虽然因事而生（或者正因为是因事而生），却显示了他绝世的才华，历代诗人之所以经常用为典故，正因为李斯由当时情景而牵连起的记忆是如此对比鲜明。这也就怪不得，在参与重大政治决策之外，李斯还以文章、书法传世。不用说上面讲到的《谏逐客书》，即便是作为公文的刻石，李斯也是一时之选："秦皇铭岱，文自李斯，法家辞气，体乏弘润，然疏而能壮，亦彼时之绝采也。"（《文心雕龙》）而他的书法，张怀瓘《书断》有谓："今泰山峄山及秦望等碑，并其遗迹，亦为传国之伟宝，百世之法式。"李斯学有所承，学有所成，大概不会有人否认，即便是对李斯颇有腹诽的司马迁，也在论赞中承认了这一点——

　　太史公曰：李斯以闾阎（平民）历诸侯，入事
秦，因以瑕衅（可乘之隙），以辅始皇，卒成帝业。

斯为三公，可谓尊用矣。斯知六艺之归，不务明政以补主上之缺，持爵禄之重，阿顺苟合，严威酷刑，听高邪说，废适（嫡）立庶。诸侯已畔，斯乃欲谏争，不亦末（次要）乎。人皆以斯极忠而被五刑死，察其本，乃与俗议之异。不然，斯之功且与周、召列矣。

这段论赞，先是陈述李斯的功业，即辅佐秦王统一六国，成就帝业，位及三公。接下来言其过失，即沙丘之谋时的"废适（嫡）立庶"和《上督责书》的"阿顺苟合"及其中主张的"严威酷刑"。在这些事实之外，我觉得司马迁的评价标准潜藏在"斯知六艺之归"一句中。照《太史公自序》的说法，六艺之归该是"列君臣父子之礼，序夫妇长幼之别"，李斯本该以此"务明政以补主上之缺"，却"废适（嫡）立庶""严而少恩"，违背了自己所学。在这个意义上，司马迁反对前人"李斯竭忠，胡亥极刑"的评价，认为其背离所学，在当时的局面中没有更卓越的作为，反而被赵高左右，失去了助君主导向明政的机会，也就此失去了"且与周、召列"的可能。

推敲司马迁对李斯的评价，是不是觉得稍微有点严苛？一个不学有术或只求富贵荣华的人，司马迁还会对他如此苛刻吗？司马迁这样写，是不是有"《春秋》责备贤者"的意思？如果论赞中以《春秋》的方式褒贬人物，那是不是可以进一步推测，司马迁所言"余所谓述故事，整齐其世传，非所谓作也，而君比之于《春秋》，谬矣"，其实只是明否暗许？他的真实意图，恰恰是有意继承《春秋》之志，"发愤之所为作"，是非自黄帝以来至于当时，"以为天下仪表，贬天子，退诸侯，讨大夫，以达王事"。如此，则《自序》所云"先人有言：'自周公卒五百岁而有孔子。孔子卒后至于今五百岁，有能绍明世，正《易传》，继《春秋》，本《诗》《书》《礼》《乐》之际？'意在斯乎！意在斯乎！小子何敢让焉"，是真的当仁不让没错吧？

司马迁自谦的述，与《春秋》的所谓作之间，现在看起来好像差别不大，在熟习经书的人那里却有一条巨大的鸿沟："说《春秋》者，须知《春秋》是孔子作。作是做成一书，不是抄录一过。又须知孔子所作者，是为万世作经，不是为一代作史。经、史体例所以异者，史是据事直书，不立褒贬，是非自见；经是必借褒贬是非，以定制立法，为百王不易之经。"照这样看，《史记》似乎并不是现代思维中的"历史书"，而是某种特殊的拟经之作（司马迁自称《太史公书》），如高步瀛所言："《史记》一书，《汉志》列'春秋家'，《隋志》以来，冠正史之首。史公春秋之学，出于董子，大义实主《公羊》。其《报任安书》曰：'亦欲以究天人之际，通古今之变，成一家之言。'故其旨趣，与子家相近，而非后世之史，沾沾于簿记之为者。"也就像高氏有一次跟学生所言，"大约太史公书，是借史事为题材，其性质与诸子务治之者相近"。

照这个思路看下来，《李斯列传》中看起来的材料来源复杂、人物性格不一致、事情发展类乎传说……是否都可能是司马迁的有意选择？如果是这样，传中的种种恐怕只能叫作情节："情节总是作者精心编造出来的"，"我们不必追究故事的细节是否具有历史的真实，而是要思考作者为什么这样设计情节。"像前面提到的希罗多德《历史》，就可能并非旨在记述客观发生的事情，而是"探究历史"，寻找事情是如何发生的至深根源，怪不得有人主张把《历史》翻译为《原史》。这也就让人忍不住好奇，原本叫作《太史公书》的《史记》，在李斯助秦始皇完成帝业、登上权力巅峰之后，立即把他投入"历史的深宫"，让其与僭主和弄臣相处，看起来进退失据，是否也属某种"精心编造"的"探究"，褒贬已寓其中？

"上明三王之道，下辨人事之纪，别嫌疑，明是非，定犹豫，善善恶恶，贤贤贱不肖，存亡国，继绝世，补敝起废，王道之大者也。"李斯惨遭车裂的肉身恐怕早已经白骨无存，如上所说的《春秋》和属于"春秋家"的《太史公书》写作方式，现在还是合理的吗？司马迁准备藏之名山的一堆竹简不知世上是否还有痕迹，在如今学术正确的僭政之下，这种可能用"编织故事"的方式完成的人世探究，是耶，非耶？名声至今不坠的太史公，会不会即将迎头碰上色诺芬一样的窘境？在考古与历史通力合作的今天，背了千载骂名李斯，有可能逃脱他蔡中郎式的命运吗？在现今风雷震荡的国际局势之中，又哪一个是已经或渐渐蔚为大国的秦呢？

半壁江山一纸书

——关于《赐南越王赵佗书》

一

上大学的时候，我有一阵子大概是读书摸索到了一点门道，居然看出不少近世大家学术上的瑕疵，诸如书中的史实错误、逻辑混乱，甚至不太明显的用词不当，偶尔有如指诸掌的感觉。这应该是学有所进的表现，可也因为只是一点点进展，难免就带着初入门者显而易见的亢奋气息，恨不得拉住个人就告诉对方，自己看出了那么多的缺陷，却没有优入大行家的序列，肯定是学术辨认机制出了问题。有一次，大概是被我叨叨得烦了，那个平常很温和的朋友盯着我，问——他们是有很多错误，但你觉得你说的这些人会去谈论你吗？你觉得如果他们站在面前，你有能力说出一句值得他们重视的话吗？

我被朋友的严厉吓坏了，或者更准确地说，我被那个朋友说出的事实吓坏了，心里空空荡荡的全无着落，因而度过了一个惶惶不可终日的白天和一个辗转难眠的夜晚。事后想起来，这次严厉的质问是我读书道路上真正的启蒙，几乎也是对我虚浮性情的强力纠正。我至今还经常想起那个朋友严厉的语气，以此时时警惕自己，不要沾沾自喜，不要见小遗大，不要得少为足，见界与胸襟，有远在于具体的是非对错之上者。除此之外，这次严厉的质问还有一个副产品（或者本来就是同一个问题），即把我头脑中渐渐构建起来的所谓学术概念击破了，因而很多不属于现代学术序列的书，逐渐进入我的阅读视野，我得以在这个基础上重新检查并校对了自己读书的是非观。

这样说仍然不太清楚，还是来举个例子。在此之前，我觉得像《论语别裁》这样的书，只配去哄哄不读书的人，像我辈有学术常识的人，是不屑于也不应该翻看的。原因呢，差不多如有人所说，"这部书是本世纪（按二十世纪）七十年代完成的，而意见却还是五四前后极少数人圣道天经地义、反对打倒孔家店那一路""牵涉到古事，看法都是《古史辨》以前，流行的信而好古那一路""对《论语》原文的有些解释（指释文义，不是发挥义理），不管语文规律，自己高兴怎么讲就怎么讲"。思想陈旧（没有创新），缺乏考证（没有根据），解释舛误（没有知识），几乎在现代学术铁律禁止的每一个点上，《论语别裁》都有成为反面典型的能力。

关于圣道天经地义和信而好古的问题，抛开现代学术的评价标准，大概没有乍看起来那么不正确。我相信（没错，是相信，无法验证），大部分程度极高的读书人应该清楚，在某个特殊的时段，人们把孔子前后两三百年的学术都归入他名下，以此确认某个清晰的文明起点。皮锡瑞《经学历史》云："经学开辟时代，断自孔子删定六经为始。孔子以前，不得有经；犹之李耳既出，始著五千之言；释迦未生，不传七佛之论也。"经书确立的目的呢，则是"孔子有帝王之德而无帝王之位，晚年知道不行，退而删定六经，以教万世"。这个经学开辟时代的"断"，这个确认孔子垂教万世的宗旨本身，跟我前面说的"相信"有相似之处，只能是一个决断，就像现代学术强调客观中立，而这个强调本身，却是"断"（即专制），没办法客观中立。

我们现今对古人太不熟悉了，可能会觉得上面的说法有些虚诞，那就拿雅法《自由的新生：林肯与内战的来临》来举例："据美国学界的知情人士说，雅法这部大著有这样一个高远抱负：探究和把握能用来衡量林肯之所以堪称伟大的真正尺度。就此而言，以美国革命的宪政原则为背景，通过从政治哲学角度分析林肯发动内战的政治决断，雅法打了一场历史意义更为深远的思想性的世界战争，因为，这场战争争夺的战略高地乃是人类政治生活基本原则的立足之地，从而涉及到各个置身于不同文明传统的国家——通过剖析林肯的演说辞和论辩辞来展开论析，本书形式上就像是在着眼承接以史为鉴的西方古典史书笔法（希罗多德、修昔底德、色诺芬、塔西佗），细腻的史学触觉与审辩的哲学意识水乳交融——在雅法笔下，由于有了林肯，美国这个'有希望的'新国家便成了承接和挽救西方文明的土地。"

如果没读错，这段话的意思是说，雅法通过自己的写作，接续了西方古典的史书写作传统，创造出了一个"用来衡量林肯之所以堪称伟大的真正尺度"，并把美国塑造成了"承接和挽救西方文明的土地"。雅法接续的这个写作传统，不知道是不是可以称为"探究史学"，即不是以还原事实为目的，而是探究历史的至深根源，从而与现实的社会和人生建立起深切的关系。或许正是在这个意义上，经典或任何一本富于深心的著作，就不只是写作者心智或思辨的游戏，而是关涉着其个人甚或一个时代最为重大的问题，由此恢复、建造或创设出开阔的精神世界，并进而巧妙地转化为宽绰的现实空间，在精神和现实上都足以供人从容栖居。

　　从这个方向看过去，不知道是不是可以试着推出一个结论，即如果一个人的精神思考力已经抵达时代的最前沿，或者走到了人类思考问题的最高点，他或她应该有机会被允许犯一点可能的知识错误——一座建好的房屋，是否可以在门前长几茎野草？或者，足够高大的房子，是否容得下几块砌得不够整齐的砖瓦？再说得深入一点，一个思维能力达到极高程度的人，甚至连犯下的错误都可能需要认真对待，那些不够严谨的地方，说不定含藏着时代参差的精神状况投下的绝美天光。尽管可能会违背所有的现代学术正确，我还是忍不住要强调下面的意思——有些知识性的错误，绝顶高手可以犯，而一个刚刚入门的人，还没有争取到犯这些错误的履历。当然，这个结论连带的风险是，每个人都可以用这个理由来为自己的错误辩解，那好，就在这里加上一个绝对的前提——任何一个自称绝顶高手的人，可以肯定他绝对不属于这个行列，因此这个世界上不存在可以对自我如此宽容的人。

说实话，我有点被自己的推论吓到了。我本来只是想说，一个人可以从某本看起来并不是非常严谨的书中获得巨大的启发，没想到现在几乎要变成对书中错误的辩护，还是赶紧回到原来的思路上。

二

我相信世上有一种天才，可以看到词语就明白具体的指涉，从而在语言的世界漫游就是在现实的世界信步。剩下的应该是些普通人，需要通过艰难的摸索或者某些提示，才能通过词语把捉住一点儿现实。拿我来说，很长一段时间弄不明白，中国历史上经常说的"内用黄老，外示儒术"究竟是什么意思。黄老不是一再强调用阴、用柔，且"不为天下先"吗，以此修身或者处世大概有点用处，怎么可能用来作为一个森严国度的治国方略呢？这问题伴随着我很长时间，直到有一天读到《老子他说》。

在现代学术标准下，《老子他说》大概无论如何只能算一本闲书，很多表述不够确切，不少结论缺乏必要的证据，语气过于随心所欲，更不要说里面的思想还有诸多如《论语别裁》那样的"现代不正确"。以上这些问题，随着学术评价体系的趋于森严和日渐全球化，应该会越来越遭鄙视，于是这本《老子他说》连同作者的很多其他书，恐怕只能被看作善男信女的迷思，无法当成严肃的著作吧。可一本书对人有所启发，有时候并非因为正确，或许更是因为奇特的准确——我忘不了大学时的那天下午，我打完篮球洗完澡，躺在床上休息，信手翻开这本书，很快就被开头涉及的问题吸引，并在读到某处时瞬间身体冰凉。

把我引入佳境的，是书中的这段话："历史上标榜汉初的盛世'文景之治'，汉文与汉景父子两代的思想领导，都是用'黄老'的道家学说。另一方面也可以说，和母教有密切的关系，因为汉文帝与汉景帝的母亲，都喜欢研究《老子》，而受其影响很大。在如此的家庭教育和时代潮流中，在周围环境的巨大影响下，政治哲学的最高领导学说，表现得最深刻的便是汉文帝。"接下来基本是解说《史记》或《汉书》中汉文帝本纪的开头部分，不妨就用《汉书》中的这段——

> 孝文皇帝，高祖中子也，母曰薄姬。高祖十一年，诛陈豨，定代地，立为代王，都中都。十七年秋，高后崩，诸吕谋为乱，欲危刘氏。丞相陈平、太尉周勃、朱虚侯刘章等共诛之，谋立代王。
>
> 大臣遂使人迎代王。郎中令张武等议，皆曰："汉大臣皆故高帝时将，习兵事，多谋诈，其属意非止此也，特畏高帝、吕太后威耳。今已诛诸吕，

新喋血京师，以迎大王为名，实不可信。愿称疾无往，以观其变。"中尉宋昌进曰："群臣之议皆非也。夫秦失其政，豪杰并起，人人自以为得之者以万数，然卒践天子位者，刘氏也，天下绝望，一矣。高帝王子弟，地犬牙相制，所谓盘石之宗也，天下服其强，二矣。汉兴，除秦烦苛，约法令，施德惠，人人自安，难动摇，三矣。夫以吕太后之严，立诸吕为三王，擅权专制，然而太尉以一节入北军，一呼士皆袒左，为刘氏，畔诸吕，卒以灭之。此乃天授，非人力也。今大臣虽欲为变，百姓弗为使，其党宁能专一邪？内有朱虚、东牟之亲，外畏吴、楚、淮南、琅邪、齐、代之强。方今高帝子独淮南王与大王，大王又长，贤圣仁孝闻于天下，故大臣因天下之心而欲迎立大王，大王勿疑也。"

代王报太后，计犹豫未定。卜之，兆得大横。占曰："大横庚庚，余为天王，夏启以光。"代王曰："寡人固已为王，又何王乎？"卜人曰："所谓天王者，乃天子也。"于是代王乃遣太后弟薄昭见太尉勃，勃等具言所以迎立王者。昭还报曰："信矣，无可疑者。"代王笑谓宋昌曰："果如公言。"乃令宋昌骖乘，张武等六人乘六乘传，诣长安，至高陵止，而使宋昌先之长安观变。

这部分写得非常清楚——刘邦去世之后，吕后专权，待其死后，大臣诛诸吕，谋立代王刘恒。代王身边的两位大臣，张武和宋昌，一认为不该去，一认为应该去。刘恒请于母亲薄氏，仍然委决不下，于是占卜，卜得为天子之兆。但仍然心头犹疑，请母舅去探听情况，得到了可去的确切信息，于是奔赴长安。其中出现的人物，都对当时的事态作出了自己的判断，在综合听取各方意见，甚至包括占卜的基础上，刘恒作出去首都继承皇位的决定。记载中，根本看不出各方是通过什么原则作出的判断，恐怕也查不出什么深入的证据来——谁会把自己的判断来源写在脸上呢？如果只从文章看，只能说是各自根据自己的人生经验。

正是在这个地方，《老子他说》没有按照"现代正确"行事，而是把作者本人的综合判断说了出来，这还包括把"中子"说成了"小儿子"："吕家的权力虽然削平，大臣们就要找出刘邦的儿子来接皇帝位，可是刘邦的儿子已被吕后杀得差不多了，只有一个小儿子刘恒，被分封在西北边塞为代王，毗邻匈奴——内蒙的荒漠贫瘠地带。因为他母亲薄氏，喜欢走道家'清净无为'的路线，近似现代只敲敲木鱼、念念佛的人，防意如城，无欲无争，吕后没有把她放在眼里，才保全了性命。这时大臣们商议，就找到了这位远在边塞、性情朴实、清心寡欲、守道尚德的代王，把他迎请到首都长安来，继承汉祚，他便是后来的汉文帝。"有意思的是，作者接下来并没有按照记载说话："两人的意见恰恰相反，很难下一决定，最后请示母亲时，这位深通《老子》的老太太，运用了无为之道、用而不用的原理说：'先派舅舅薄昭到长安去看看吧！'意思是先派一位大使前往观察一下形势，收集些情报资料。这位大使舅爷自长安回来，报告情况说，可以去接位，于是刘恒才带领张武、宋昌等一些干部，前往长安，准备承接皇位。"这段叙述，不但更改了史书的记载（"代王报太后，计犹豫未定"），还给了薄氏"深通《老子》"的断语。

薄氏与黄老的关系，我没有找到显见的史料，或许是从此后刘恒的表现推测出来（所谓母教）？后面这段非常有趣的文字，更难找到与黄老之学的具体关系——

> 昌至渭桥，丞相已下皆迎。昌还报，代王乃进至渭桥。群臣拜谒称臣，代王下拜。太尉勃进曰："愿请间。"宋昌曰："所言公，公言之；所言私，王者无私。"太尉勃乃跪上天子玺。代王谢曰："至邸而议之。"

如果不加任何推测，这段对话足以见出的是宋昌的机智果断，有勇有谋，面对重臣周勃进退自如，此外很难再有别的发现。《老子他说》于是就在字缝里用力，加入了黄老的内容："可是在刘恒左右的张武和宋昌，也是了不起的重要干部，都曾深习黄老之学。在渭桥行过礼后，周勃向刘恒说：'代王！我和你退一步，单独说几句话。'这时宋昌就出来说：'不可以。请问周相公，你要向代王报告的，是公事？还是私事？如果是私话，则今日无私。如果是公事，则请你当众说，何必退一步说？'宋昌确实是一位好参谋长，这也是老子之道无私的反面运用。"

对话并非对应性的翻译，但大义明确。书中接下来的话，有着更为有趣的推测成分："周勃被他说得没办法，就说：'没有别的，只是公事。'宋昌说：'什么事？'周勃说：'是皇帝的玉玺在此，特别送上。'于是将玉玺送给代王。刘恒接过玉玺，照常情，他就是皇帝了，他却说：'这不可以，今天我初到，还不了解情形，天下之事，不一定由我来当皇帝，可以当皇帝的人很多，我现只是先代为把玉玺保管起来，过些时日再说。'这就是黄老之道的'用而不用'，要而不要了。谦虚是谦虚，该要的还是要。"

我还记得，当年读到这里的时候，我觉得像从云层里透出一丝光亮，由此感受到《老子》里此前从未意识到的一些东西，坚硬，锐利，甚至有点儿残酷，可在这背后，却又不是冰冷的枯寂，而是蕴含着某种特殊的生机，有点"天地不仁"那种既冰冷无情又生生不息的感觉。这样说还有些含混，不妨接下去看看让我觉得身体发凉的那段，或许这里的说法会变得更容易理解。

三

周作人进入抄书期之后，引起了很多指责，其中的一个是说他的"抄书"过于讨巧，较之不"抄"的文章少用力气。周作人在一封信里答复说："足下需要创作，而不佞只能写杂文，又大半抄书，则是文抄公也，二者相去岂已远哉。但是不佞之抄却亦不易，夫天下之书多矣，不能一一抄之，则自然只能选取其一二，又从而录取其一二而已，此乃甚难事也……讲学问不佞不敢比小草堂主人，若披沙拣金则工作未始不相似，亦正不敢不勉……我的（按抄书）标准是那样的宽而且窄，窄时网不进去，宽时又漏出去了，结果很难抓住看了中意，也就是可以抄的书……其事甚难。孤陋寡闻，一也。沙多金少，二也。若百中得一，又于其中抄一，则已大喜悦，抄之不容易亦可以不说矣。故不佞抄书并不比自己作文不为苦，然其甘苦则又非他人所能知耳。"

虽然引了上面的话，我做的却并非什么披沙拣金的工作，只是为了避免引起不好的揣测，或者为了回护我自己的心虚，就事先说明一下，这篇文章总体将以"抄书"为主，因为我既不懂政治，对历史也缺乏深入了解，想写的只是一个思想的转变过程。说了这些闲话，其实是要说，这次要跟着《老子他说》来读一封汉文帝写的信。在读这封信之前，先来明确一下背景，出处是《汉书·西南夷两粤朝鲜传》——

　　南粤（越）王赵佗，真定人也……秦已灭，佗即击并桂林、象郡，自立为南粤武王。高帝已定天下，为中国劳苦，故释佗不诛。十一年，遣陆贾立佗为南粤王，与部符通使，使和辑百粤，毋为南边害，与长沙接境。

高后时，有司请禁粤关市铁器。佗曰："高皇帝立我，通使物，今高后听谗臣，别异蛮夷，隔绝器物，此必长沙王计，欲倚中国，击灭南海并王之，自为功也。"于是佗乃自尊号为南武帝，发兵攻长沙边，败数县焉。高后遣将军隆虑侯灶击之，会暑湿，士卒大疫，兵不能逾岭。岁余，高后崩，即罢兵。佗因此以兵威财物赂遗闽粤、西瓯骆，役属焉。东西万余里。乃乘黄屋左纛，称制，与中国侔。

文帝元年，初镇抚天下，使告诸侯四夷从代来即位意，谕盛德焉。乃为佗亲冢在真定置守邑，岁时奉祀。召其从昆弟，尊官厚赐宠之。召丞相平举可使粤者，平言陆贾先帝时使粤。

按照现在的思路，我不知道是不是可以说，这里处理的是中央与少数民族的关系问题（或者稍一闪失就是边疆问题）？这一段事，《老子他说》中的叙述是："赵佗原来是河北人，是与汉高祖同时起来，反抗暴秦的英雄好汉之一，秦始皇被打垮以后，他未能在北方发展，就到南方在广东当县尉令，任上县令死时，把县政交给了他，他便自称南越王。那时五岭以南地区，尚未开发，为边远的蛮荒烟瘴之地，汉高祖亦奈何他不得，派了一位亦道亦儒的能员陆贾当大使，干脆承认了南越王的地位。后来因为吕后对不起他，所以在吕后死后，他也自认为有资格即皇帝位，窥伺汉室。"天无二日，国无二主，羽翼尚未丰满的汉文帝要怎样应对这个困局呢？"如果说出兵与赵佗一战，这一主战思想，将使问题更见严重，决策不能稍有疏失，内战结果，胜败不可知，天下属于谁家，就很难说了！因此只有另作他图，汉文帝有鉴于此，所以他在就皇帝职位后，除了修明内政以外，便只有用黄老之道了。"示弱和用强似乎都不妥，我们不禁要怀疑，这样的情形下，难道黄老之道有极为奇特的手段？说出来不免让人吃惊，汉文帝的方法是给赵佗写了一封信，这就是历史上有名的《赐南越王赵佗书》——

> 皇帝谨问南粤王，甚苦心劳意。朕，高皇帝侧室之子，弃外奉北籓于代，道里辽远，壅蔽朴愚，未尝致书。高皇帝弃群臣，孝惠皇帝即世，高后自临事，不幸有疾，日进不衰，以故悖暴乎治。诸吕为变故乱法，不能独制，乃取它姓子为孝惠皇帝嗣。赖宗庙之灵，功臣之力，诛之已毕。朕以王侯吏不释（不放过）之故，不得不立，今即位。

先引《老子他说》："从'皇帝谨问南越王，甚苦心劳意……不得不立，今即位'这一段，一开头'甚苦心劳意'这一句，就是带刺的，他向南越王问候说：'你用心良苦，太辛苦了。'又说他自己没什么了不起，只不过是我父亲刘邦——汉高祖小太太的儿子，素来被人家看不起，送到北方的边塞，路途遥远，交通更不方便，'壅蔽朴愚'，那时知识不够又愚蠢，所以很抱歉，平常没有写信向你问候。就这样一句话，把赵佗笼络住了。"除了上面所说，这段话里还包含着一些别的信息，重要者有三，一是说明自己没有尽早通信存问，是因为久处边地，所以不必在这里挑刺；二是吕后造成的混乱局面，终于得以平息，所谓"诛之已毕"，显示了中央强大的自我修复能力；三是说自己即位乃情势所迫，不得不然，内中却也暗含着继位的合法性。

> 乃者闻王遗将军隆虑侯书，求亲昆弟，请罢长沙两将军。朕以王书罢将军博阳侯，亲昆弟在真定者，已遣人存问，修治先人冢。前日闻王发兵于边，为寇灾不止。当其时，长沙苦之，南郡尤甚，虽王之国，庸独利乎！必多杀士卒，伤良将吏，寡人之妻，孤人之子，独人父母，得一亡十，朕不忍为也。

继续引《老子他说》："我知道你曾经给隆虑侯将军写过一封信，希望中央政府，把湖南长沙方面的两位边防司令，给予免职的处分。隆虑侯将军已向我报告了你的来信，我已经准许了你的要求，调动了你所要求撤换两位将军中的一位，你在北方的家属和同宗兄弟，我也已经派兵保护得好好的，并且派人修过了你祖先的坟墓。你发兵于边，为寇灾不止，南方边界上长沙一带的人，被你扰得痛苦极了，就是在东南一带，你的心腹之地如广东、广西等地的百姓，可不也因你发动战争而痛苦极了吗？战争对你又有什么好处呢？结果只是'多杀土卒，伤良将吏'，一个战役下来，损失许多你自己多方培养而成的优良军事干部，兵员的死亡，更不计其数。于是许多人，丈夫死了，太太守寡；父亲死了，孩子成孤儿；儿子死了，父母无依成独夫。最后可能你的国土也完了，像这样悲惨残酷的事，在我则是不忍心去做的。"

暂且不管"独夫"之类的说法有其随意性，只是把两段串讲拼合在一起，大致看一下这封信的意思。当时让我身体发凉的，是"亲昆弟在真定者，已遣人存问，修治先人冢"后的解说："这一小段话，表面上看来，是一番温语，诚恳的安抚。实际上也等于说：'你不要乱动；否则，我可以把你的家人族众都灭绝了，连你的祖坟也挖了。'先来一个下马威。这些话虽然没有明白写出来，而字里行间，隐然可见，赵佗是感受得到的。"正是从这番话里，我又意识到一点黄老的内容，约略有点知道为何黄老之学可以用来治国，所谓的柔弱谦退也并非看上去那般平和，内中隐藏的是强悍的实力和复杂的心思。也就是受这个启发，我大体有点清楚，为什么司马迁会把老子与严苛的法家申韩并传，也为什么后世有人认为老子宣扬的是阴谋术——虽然老子并非如此，但内里有着残酷的成分，则是毫无疑问的。因为从这里看到了人间残酷的一面，所以我当时才会有身体发凉这样强烈的生理反应。我有点怀疑，意识到这残酷并看到这残酷背后蕴藏的不绝生机，有可能是读书入门甚至是深入思考的小小标志？

朕欲定地犬牙相入者，以问吏，吏曰"高皇帝所以介长沙土也"，朕不得擅变焉。吏曰："得王之地不足以为大，得王之财不足以为富，服领以南，王自治之。"虽然，王之号为帝。两帝并立，亡一乘之使以通其道，是争也；争而不让，仁者不为也。愿与王分弃前患，终今以来，通使如故。故使贾驰谕告王朕意，王亦受之，毋为寇灾矣。上褚五十衣，中褚三十衣，下褚二十衣，遗王。愿王听乐娱忧，存问邻国。

《老子他说》分析这一段："我本来要整理内政，将边界上与你犬牙相错的领土，重新勘定规划，我问管内政的大臣，他们报告说，高祖在位时，就分封了湖南以南的土地，归你管理。这是老太爷留下来的制度，不能随便变更。依据他们的意见，中国本来是我刘家的，纵然把你现在所管理的土地归并过来，在我也并没有增加多少，因此，这湘、赣以南的地区，我还是要委托你去统治。不过你也自称皇帝，使一个国家有两个元首，是你有意造反嘛！这就不对了。你只晓得讲斗争，谁又不懂斗争呢？你却不懂'仁而谦让'的更高政治哲学。希望你放弃过去的意见，好好听中央的指挥，从今天起，恢复以前的政治关系，治理好你的地区。我叫你的老朋友陆贾转达我的意思，希望你立刻接受，不要造反。另外送给你在中原最贵重的礼物，愿意你'听乐娱忧，存问邻国'。这八个字的结语，在作文的文法上，正和开始的'甚苦心劳意'五个字，遥遥相应，首尾相接，妙到毫巅。而其内容含意，更见深厚，就是说：你也年纪大了，不要野心勃勃，想当什么皇帝。年纪大的人，每天玩玩，再不然去邻国访问，做些睦邻工作也好，这样安安分分多好，大可不必自寻烦恼啦！"

这样读下来，我们得承认书中的结论："综读全文，真是好厉害的一封信，字字谦和，可字字锋利如刃。南越王赵佗读了，自然心里有他的盘算：如今刘邦有了一位如此厉害的小儿子即位，自己万万不如他，看来这天下不可能属于自己的，只有赶快见风转舵，退步，撤兵。所以深懂得黄老之道的人，其运用之妙，能兵不血刃而使天下太平。"汉文帝以帝王之尊，虽然明里暗里有许多带刺的话，但总起来一封信却是卑弱自持，并没有仗势欺人，或者带有战争暗示，那原因呢，则是"自春秋战国以来，五百年左右的战乱结果，全国民穷财尽，不但是财富光了，人才也没有了，这时最重要的，是培养国家的元气。从汉文帝在位的二十三年；他儿子景帝——刘启在位十六年，一直到他孙子武帝——刘彻初期的一共五六十年间，国家民族安定，成就了汉代辉煌的文化，奠定了汉朝四百年政权的深厚基础"。

这样的情形，岂止文景之世，不是每个时代都该如此吗？不过，这大概是我这种无知之人的推测，书中的话已经说得足够清楚了，没有什么需要发挥的地方，或者也不该作什么发挥。顺势，也就把《老子他说》在解说这封信时编者拟的精妙小标题，"半壁江山一纸书"，偷懒地用为文章的名字。

铜罐和陶罐

——《轮台诏》的前前后后（上）

一

大学快要毕业的时候，因为面临各种艰难的选择，我不期然卷入了一场自己无法左右的人事纠缠，从而把基本明确的选择和相对平静的心情都破坏了，也就借此机会沉溺到坏情绪里去，终日无所事事。偶尔，也会为了遣散心中的郁结，去图书馆翻出几种古今笑话或寓言集，借其中的戏谑或讥诮稍稍透几口气。遇到特别引动感触的，就干脆抄在纸上，慢慢也就积了几十张的样子。前些年搬家翻检旧物，还看到了这一堆故纸，便拿起来又读了一遍，看到自己抄毕之后显得感慨万千的跋语，顾自笑了一回。这次因为要写文章，忽然想起当时抄的一则寓言，想找出来引在下面，却怎么也找不到了。好在我还记得那则寓言的内容和斑驳的古意，便从一本旧书中引出来——

河流下驶，而浮二盌，一铜一瓦。瓦盌哀铜盌曰，君且远我。苟触我，我糜碎矣，且吾固不愿与君同流也。故天下之友，惟同其类者乃亲。

盌（wǎn）是大口小腹的容器，应该是对英文 pot 的翻译，有译为"罐"，也有译为"锅"的。熟悉近代翻译的人应该认出来了，上面的译文是林纾的手笔，出自《伊索寓言》，初版于1903年。如钱锺书所言，这时期的林译还远没有老手颓唐，简劲的文字"使我们想象出一个精神饱满而又集中的林纾，兴高采烈，随时随地准备表演一下他的写作技巧"。不止如此，这本林译《伊索寓言》也有他前期翻译的典型特征，少不了"时常附加在译文中的按语和评语"，就像这段之后就有他的议论："畏庐（按林纾号）曰：邻国固宜亲，然度其能碎我者，亦当避之。"写这话的时候，畏庐老人的心里装着的，恐怕是对西方船坚炮利的愤恨和对自己所居之国的无限担忧。

大概是因为使用的底本不同，虽然此段各译本的大意相似，但细节却并不相同，比如有的译本就与林纾的相似："请你离开我游泳，不要靠近来，因为你如碰着我，我就碎了，即使我并不想要碰你。"另有一种译本，则区分了有意碰撞和无意碰撞："你离我远一点，不要紧挨着我。如果你撞我一下，我就会粉身碎骨；同样，即使我不在意碰你一下，也会体无完肤的。"至于其中的寓意，也有的与林译相似，所谓"同等的人才能成为好友"。另有一种，寓意则译为："贫者与豪强为邻，惴惴焉朝不谋夕。"这意思也差不多同于，"在贪婪的国王的近地住着的穷人的生活是很不平安的"。如果合作者使用的底本是后面这种，林纾先生的按语大概就不必如前面那样远兜远转，自然承接原文的寓意就可以了。

这则寓言当年引发我感触，是因为自身不值一提的小小挫折，再次记起这寓言，则是读历史读到了江充的故事。"武帝末，卫皇后（当时太子刘据之母）宠衰，江充用事（当权执政），充与太子及卫氏有隙。"不管江充是不是性情奸伪，他以大臣身份卷入皇室斗争，差不多已经是陶罐碰上铜罐："后上幸甘泉，疾病，充见上年老，恐晏驾后为太子所诛，因是为奸，奏言上疾祟在巫蛊。是时，上春秋高，疑左右皆为蛊祝诅，有与亡，莫敢讼其冤者。充既知上意，因言宫中有蛊气，先治后宫希幸夫人，以次及皇后，遂掘蛊于太子宫，得桐木人。"陶罐不自量力，不但不对接近铜罐惴惴以待，还要"由疏陷亲"，"糜碎"差不多早就能看到的结局了——"太子惧，不能自明，收充，自临斩之。后武帝知充有诈，夷充三族。"

这就是历史上著名的"巫蛊之祸"，虽曰"起自（阳陵大侠）朱安世，成于江充，遂及公主、皇后、太子，皆败"，细想起来，也未必是江充非要以陶罐去碰铜罐，很有可能是他为形势所迫而不得不为（不得不违己意行事，甚至按某种特殊的意志行事，正是酷吏的特征）。或者我们不推测江充的动机，只来看当时情形之下，如果有人完全明白陶罐不能碰铜罐，并极力设法避开，是不是能逃脱"糜碎"的命运。卷入"巫蛊之祸"开端的丞相公孙贺，差不多可以作为典型——

> 初，贺引拜为丞相，不受印绶，顿首涕泣，曰："臣本边鄙，以鞍马骑射为官，材诚不任宰相。"上与左右见贺悲哀，感动下泣，曰："扶起丞相。"贺不肯起，上乃起云，贺不得已拜。出，左右问其故，贺曰："主上贤明，臣不足以称，恐负重责，从是殆矣。"（后因贺捕朱安世）安世遂从狱中上书，告（公孙贺之子）敬声与阳石公主私通，及使人巫祭祠诅上，且上甘泉当驰道埋偶人，祝诅有恶言。下有司案验贺，穷治所犯，遂父子死狱中，家族。

遇到这种情形，我们或许不得不说，无论陶罐怎样设防，如何谨慎，都很难改变几乎命定的结局——碰撞的发生很可能与陶罐的选择没有必然关系，只是铜罐出于各种原因的主动，如洪迈《容斋续笔》所言："汉世巫蛊之祸，虽起于江充，然事会之来，盖有不可晓者。木将腐，蠹实生之；物将坏，虫实生之。是时帝春秋已高，忍（狠心）而好杀，李陵所谓法令无常，大臣无罪夷灭者数十家。祸之所被，以妻则卫皇后，以子则戾园（太子），以兄子则屈氂，以女则诸邑、阳石公主，以妇则史良娣，以孙则史皇孙。骨肉之酷如此，岂复顾他人哉。固不待于江充之谮（诬陷）也。"

暂且不管陶罐是不是自然德性上有问题，铜罐这种令出无常的行为，当然可能是因为其嗜好服食求神仙所致，所谓"海上燕齐之间，莫不扼腕而自言有禁方，能神仙矣"。照后世的推测，铜罐所服禁方的材料，"离不开铅和汞，有时且杂有砷和铜。这些原料的任何一种都是有剧毒的"。即便经过各种化合作用形成丹药，原料的毒性有所减弱，"但长期服用仍然可以慢性中毒"。铜罐服食了这些有毒的禁方，难免会有所变化："第一是性情变成烦躁，喜怒失常。第二是性情变成多疑，猜忌得过分，以至亲人都不相信。这两点与汉武帝当巫蛊事件发生时的性情相合。"

不得不承认，这样的推测很合乎人们通常的理解，甚至说不定也正是曾经作为现实的历史最通常的一面。也正因为通常，铜罐会被看成某种混乱思维和强制思想的必然产物，忽略某个特殊的铜罐在历史中表现出的独特具体，也让人对历史宫闱更为复杂的可能性失去兴趣。这样想下来，难免会觉得失去了一点儿什么——这点儿失去的东西，会是什么的呢？

二

钱锺书《林纾的翻译》以"癸丑（1913 年）三月"把林纾译书分为两个时期。前期的翻译"十之七八都很醒目"，"他和他翻译的东西关系亲密，甚至感情冲动得暂停那支落纸如飞的笔，腾出工夫来擦眼泪"。可到了后期，"译笔逐渐退步，色彩枯暗，劲头松懈，读来使人厌倦"，仿佛"一个老手或能手不肯或不复能费心卖力，只依仗积累的一点儿熟练来搪塞敷衍"这种前后极大的落差，当然可以说是林纾已进入晚年，心力大不如前，因此显得冷淡甚至冷漠。可如果只是出于年龄问题的心力衰退，又无法解释，为什么他会在更加年老的时候（1919年）发表《荆生》和《妖梦》这样矍铄而富有挑战性的小说。回到1913年，林纾拜谒竣工的光绪崇陵，并有《谒陵图记》写此事，不妨抄录最后一部分，来看他当时的心境——

　　呜呼！沧海孤臣犯雪来叩先皇陵殿，未拜已哽咽不能自胜，九顿首后伏地失声而哭。宫门二卫士为之愕然动容，骑告守官者，将引登享殿。纾目止之，遂归逆旅。寒极，炉不能温，与老仆同榻而寝。

　　文中的凄凉情形，恐怕正是林纾其时内在心绪的外化。林纾1896—1897年开始翻译西方小说的时候，社会上守旧的势力还处于上风，因而林译小说作为一种新因素，"不但直接帮助培养了胡适等新文化运动那一代人，而且也促成了后来他自己不能认同并要反对的趋新倾向"，这时他翻译起来当然有因斗志而起的踌躇满志。只是，在新旧不两立且攻守变换快速的 19 世纪末，双方力量很快就发生了极大的变化，尤其是 1911 年辛亥革命之后，以皇帝为代表的旧事物被推翻，林纾基于传统吸纳外来事物的立足处已被抽掉，他吸纳新事物的心力自然大为耗损，翻译便难免像"一个困倦的老人机械地以疲乏的手指驱使着退了锋的秃笔"。此后，因为新文化运动兴起，新旧势力间的形势完全翻转，林纾摆脱新旧间的首鼠两端，重新满是斗志地投入硝烟弥漫的文化论争，只是这一次，他站在了守旧一边。

近代的历史因为离我们不算太远，说起来还有些切身，时间拉得远一点，对某个时期的了解少一点，我们有时候会觉得当时形势铁板一块似的，盛衰仿佛真的只是"为帝王将相做家谱"。可只要把历史拉近一点，细节稍一呈现，那铁板就难免松动，其间新旧交替的剧烈程度，有不下于近代者。就拿西汉来说吧，并非从刘邦开始便一路盛大富足，"汉承战乱之后，满目疮痍。贵为天子，刘邦的乘舆竟凑不齐颜色相同的四匹马……面对这一现实情况，刘邦君臣只好轻徭薄赋，约法省禁，与民休息。惠帝二年，曹参接替萧何出任相国，萧规曹随，奉行无为而治"。正如《史记·吕太后本纪》赞所言："孝惠皇帝、高后之时，黎民得离战国之苦，君臣俱欲休息乎无为，故惠帝垂拱；高后女主称制，政不出房户；天下晏然，刑罚罕用，罪人是希，民务稼穑，衣食滋殖。"这种因应具体而采取的无为而治、休养生息，历文、景而不变，才有了《平准书》所述汉武初年情形——

汉兴七十余年之间，国家无事。非遇水旱之灾，民则人给家足，都鄙（京城和边邑）廪庾（粮仓）皆满，而府库余货财。京师之钱累巨万，贯朽而不可校（数）。太仓之粟，陈陈相因，充溢露积于外，至腐败不可食。众庶街巷有马，阡陌之间成群，而乘牸牝（有发情可能的母马）者摈（排除）而不得聚会。守闾阎（平民居住的地区）者食粱肉（精美的膳食），为吏者长子孙（为吏时间长，子孙长大而不转职任），居官者以为姓号（官名成了姓）。故人人自爱而重犯法，先行义而后绌（厌弃）耻辱焉。

因为与民休息，民间自然焕发出生机，只要没有水旱灾害，老百姓就家给人足。从首都到地方，粮仓都是满的，有些粮食还因为储藏太久而发了霉，串钱的绳子也腐烂了。马充斥在街巷和阡陌间，乘母马的人被排除不能聚会，大概是因为怕公马闻风而动造成"堵马"。居委会干事都能吃上精美的饭食。或许是因为生活如此安稳富足，上层和老百姓也就不觉得有更换各级官员的必要，担任某个职位时间长了，很多人就以自己的官名做了姓，比如管粮仓的就姓了仓或庾。应该是因为这种稳定的生活，民间也人人自爱，多行义事，犯法和让人觉得耻辱的事就少了。即便太史公的描述需要打上几个折扣，比较中国历史上的其他时代，作为老百姓，这大概也是能够想象的最好的日子了吧，能一直维持下去该多好。

可惜，承平的日子总是短暂，日后，人们大概只能靠回忆来记起这样的美好了。不过，或许也不用急着慨叹，看惯了历史兴衰的人早就见怪不怪，比如吕思勉就这一时期说过："汉以无为为治，由来久矣。有为之治求有功，无为之治，则但求无过，虽不能改恶者而致诸善，亦不使善者由我而入于恶。一统之世，疆域既广，政理弥殷，督察者之耳目，既有所不周，奉行者之情弊，遂难于究诘。与其多所兴作，使奸吏豪强，得所凭藉，以刻剥下民，尚不如束手一事不办者，譬诸服药，犹得中医矣。故历代清静之治，苟遇社会安定之际，恒能偷一日之安也。"也就是说，在熟读史书的吕思勉看来，汉初的无为之治类似中等级别的医生，开出的药方主要是为了防止即将发作的病情（"上医治未病，中医治欲病，下医治已病"），差不多只能算苟安。

虽然没有能力商量，但我总觉得吕思勉的话里有一丝压迫性的坚硬（或许是因为他写下这段文字的时候，正经历着抗战的烽火），会导向某种必然性的结论。不妨试着把上面的话换成陶罐和铜罐的比方——在社会安定的时候，天然的铜罐也不妨把自己当成陶罐，不去随意碰撞，以此维持社会的安定。可等铜罐察觉或意识到陶罐已经即将壮大成为铜罐，自己有可能沦为陶罐的时候，疾风迅雷之变就几乎成了必然的选择。

三

当年读王勃的《滕王阁序》，有感于其中的"冯唐易老，李广难封"，颇找了些关于冯唐和李广的材料来读。记得其中有一则故事，是说冯唐历任三朝，其主张却每每与当时的皇帝相悖，因此终身未得重用。可这次去查这个故事，却遍寻未获。读本传的感觉，是冯唐为人过于耿直而失去了升迁的机会，"持节云中，何日遣冯唐"这样的感叹，只是说他至老也没有得到重用，并没有自年轻时便处处背时的意思："文帝说（冯唐之言），是日令冯唐持节赦魏尚，复以为云中守，而拜唐为车骑都尉，主中尉及郡国车士。七年，景帝立，以唐为楚相，免。武帝立，求贤良，举冯唐。唐时年九十余，不能复为官，乃以唐子冯遂为郎。"那么我看到的那个每每与当时皇帝相悖的故事，来自哪里呢？查来查去，终于在《文选》李善注里找到了——

> 颜驷，不知何许人，汉文帝时为郎。至武帝，尝辇过郎署，见驷龙眉皓发，上问曰："叟何时为郎？何其老也？"答曰："臣文帝时为郎。文帝好文而臣好武，至景帝好美而臣貌丑，陛下即位好少而臣已老，是以三世不遇，故老于郎署。"上感其言，擢拜会稽都尉。

来源是《汉武故事》，李善注张衡《思玄赋》"尉（小官）尨（máng，杂色，此处指斑白）眉而郎潜（老于郎署）兮，逮（到）三叶（三世）而遘（gòu，遇上）武"一句时，引用了这段文字。仔细推敲起来，故事里的"景帝好美而臣貌丑，陛下即位好少而臣已老"颇让人生疑，很像是为了说明颜驷三世背运凑成的对子——难道真会有两任皇帝以美丑和老少来任命大臣？这样的故事容易让人印象深刻，但细究起来，因为给出的理由太过直接和巧妙，反而少了丰富而曲折的质感。这也就怪不得上面这精巧的故事很少有人引用，反而是《史记》朴素的冯唐本传成了后来不断重述的典故。

我之所以把两个故事记混，恐怕是因为冯唐和颜驷都身历三代，且都未得志，记忆稍一模糊，就会把不同的事归并到同一个人身上去了。不过，如果不怕推论过于大胆，我有点想说，颜驷故事非常可能是冯唐经历的变形，不过把后者经历里参差复杂的部分作了简化整饬，于是几乎变成了传奇小说的样子，连带着人名也改了。之所以能被编排出如此故事来，当然跟文帝至武帝几十年间高层决策的较多变化有关。即便是后世合称的所谓"文景之治"，在距离这一时期还不算太远的人们看来，也有着非常具体的政策差异，更不用说完全不同的武帝时期了。

前面已经写到，文景之世民人生活富足，可这以外示柔弱为本的政策，也难免会造成很多问题，所谓"汉兴七十年，恭俭无为之治，继承勿辍。至于武帝，而社会财富，日趋盈溢。又其功臣外戚同姓三系之纷争，亦至武帝时而止。

中央政府统一之权威，于以确立。而民间古学复兴，学者受新鲜之刺激，不肯再安于无为。而边患亦迄未宁息，抑且与时俱进，不得不谋痛一惩创之道"。更具体些来看，除了边患到了不得不面对的程度，汉武帝面对的内政问题其实也已非常严重——在上层思想层面，黄老无为的地位虽已不够稳固，却仍然有非常大的势力，民间古学的复兴不免受到压制，况且"诸侯王骄横不法，有的甚至觊觎皇位；豪强地主奢侈不轨，武断（以权势断定是非曲直）于乡曲；丞相权势过大，皇权被削弱"。

武帝继位之后遇到的问题如此，他采取的措施也就必然与以上的困境有关，除了对外用兵的四处征伐，对内也各有针对，有"罢黜百家、独尊儒术这样的意识形态的改革，还有如收相权、行察举、削王国、改兵制、设刺史等项政治、军事制度的改革，还有如统一货币、管盐铁、立平准均输制等项经济制度的改革，等等"。一项政策的成败利弊，不能以固定的抽象标准来评价，恐怕得放在当时的具体之中才能更好地判断。也正是在这个意义上，我们或许不得不承认，汉武的以上举措，有着非常明确的正面意义。后来汉宣帝对其祖父的评价，应该就是建立在这个基础上——

孝武皇帝躬仁谊，厉威武，北征匈奴，单于远循，南平氐羌、昆明、瓯骆两越，东定濊、貉、朝鲜，廓地斥境，立郡县，百蛮率服，款塞自至，珍贡陈于宗庙；协音律，造乐歌，荐上帝，封太山，立明堂，改正朔，易服色；明开圣绪，尊贤显功，兴灭继绝，褒周之后；备天地之礼，广道术之路。上天报况，符瑞并应，宝鼎出，白麟获，海效巨鱼，神人并见，山称万岁。

这段文字与《史记》关于武帝的描述（"汉兴五世，隆在建元，外攘夷狄，内修法度，封禅，改正朔，易服色"）一致，都是先述其"外攘夷狄"，强调了戡定边患的重大功劳，足以照应武帝谥号所从来的"威强睿德""克定祸乱"。次言其"内修法度"，并在末后展示种种祥瑞，由生人上推至神明，虽不免"神道设教"之嫌，或也有"以其成功告于神明"之意。至汉哀帝时，王舜和刘歆对汉武的评价，也是先武功而后文治，所谓"孝武皇帝愍中国罢劳无安宁之时，乃遣大将军、骠骑、伏波、楼船之属，南灭百粤，北攘匈奴，东伐朝鲜，西伐大宛。功业既定，乃封丞相为富民侯，以大安天下，富实百姓，其规模可见。又招集天下贤俊，与协心同谋，兴制度，改正朔，易服色，立天下之祠，建封禅，殊官号，存周后，定诸侯之制，永无逆争之心，至今累世赖之"。也就是说，至汉哀帝时，对武帝的评价还是以武功为主，可在《汉书·武帝纪》的赞里，情形发生了较大的变化——

汉承百王之弊，高祖拨乱反正，文、景务在养民，至于稽古礼文之事，犹多阙焉。孝武初立，卓然罢黜百家，表章《六经》。遂畴咨（访求）海内，举其俊茂，与之立功。兴太学，修郊祀，改正朔，定历数，协音律，作诗乐，建封襢（禅），礼百神，绍周后，号令文章，焕焉可述。后嗣得遵洪业，而有三代之风。如武帝之雄材大略，不改文、景之恭俭以济斯民，虽《诗》《书》所称，何有加焉！

颜师古注这一段的时候，说班固对武帝是"美其雄材大略而非其不恭俭"，似乎没有注意到孟坚先生干净地剔除了汉武对外征伐的这部分"雄材大略"，也就是居然完全遗漏了"武"的部分，反而强调了他"文"的一面。考虑到汉宣帝以及王舜、刘歆对武帝的评价均出于《汉书》，这段赞语也在武帝本纪的后面，显然不是班固不清楚前人的评价，更不会是粗心大意所致。这么考虑下来，差不多只能承认，如此赞语应该是班固有意的选择，那么，这样的选择包含着怎样的用意呢？

仁圣之所悔

——《轮台诏》的前前后后（下）

一

《三体III：死神永生》临近结尾的时候，忽然由壮丽转为平静，写人类意识到即将面临的灭亡危机时，准备为地球文明造一座墓碑，从而可以把取得的成果长时间保存下来。可在考察保存材料的时候，却遇到了巨大的难题，现代技术获得的保存手段，不管是量子存储器还是用特殊材料制成硬盘或光盘，出于衰变或其他原因，最多不过能保存五千年至十万年左右，还不如"质量好的印刷品，用特殊的合成纸张和油墨，二十万年后仍能阅读"。而这一切，显然达不到保存人类文明约一亿年的目的，于是"学者们开始寻找那些在漫长的时间中保存下来的信息"，终于"得出了把信息保存一亿年左右的方法"——到这里，刘慈欣忽然动用了古老的经典，似乎不如此就无法显出那方法的必然和郑重——罗辑把拐杖高举过头，白发长须舞动着，看上去像分开红海的摩西，庄严地喊道："把字刻在石头上！"

　　面对这样的情形，人能说什么呢，"文明像一场五千年的狂奔，不断的进步推动着更快的进步，无数的奇迹催生出更大的奇迹，人类似乎拥有了神一般的力量……但最后发现，真正的力量在时间手里，留下脚印比创造世界更难，在这文明的尽头，他们也只能做远古的婴儿时代做过的事"。如果不怕显得太过生硬，我很想说，世间所有的事物都在消息之中，无物坚牢。即便把信息深深刻在石头上，漫漶也绝难避免，更不用说流传一时的文字或者盛极一时的名声了，当然会在不仁的时间面前慢慢失去其乍看起来的无限魅力。不过，人拥有的能力并非只是感叹，就像在灭绝之前还企图保存点什么一样，在某些时候，人们会试着把沉埋在历史深谷里一些熠熠生辉的东西打捞出来，让其重新焕发出动人的活力，参与现今的世界。比如汉代有一个徐乐，因为上书言事，汉武感叹其深谋远虑，发出"何相见之晚也"的感叹，并拜为郎中，可此后他却全然从历史中失踪，只除了那篇引起感叹的《上皇帝书》——

　　　　臣闻天下之患，在于土崩，不在瓦解，古今一也。何谓土崩？秦之末世是也。陈涉无千乘之尊、疆土之地，身非王公大人名族之后，无乡曲之誉，非有孔、曾、墨子之贤，陶朱、猗顿之富。然起穷巷，奋棘矜（矜，戟柄；棘，戟），偏袒（解衣袒露一臂）大呼，天下从风，此其故何也？由民困而主不恤，下怨而上不知，俗已乱而政不修，此三者陈涉之所以为资也。此之谓土崩。故曰天下之患在乎土崩。

何谓瓦解？吴、楚、齐、赵之兵是也。（汉景帝时，吴、楚等）七国谋为大逆，号皆称万乘之君，带甲数十万，威足以严其境内，财足以劝其士民，然不能西攘（抢夺）尺寸之地，而身为禽（擒）于中原者，此其故何也？非权轻于匹夫而兵弱于陈涉也。当是之时，先帝之德未衰，而安土乐俗之民众，故诸侯无竟（境）外之助。此之谓瓦解。故曰天下之患不在瓦解。

由此观之，天下诚有土崩之势，虽布衣穷处之士或首难（首先发难）而危海内，陈涉是也，况三晋之君或存乎？天下虽未治也，诚能无土崩之势，虽有强国劲兵，不得还踵而身为禽（擒），吴、楚是也，况群臣、百姓，能为乱乎？此二体者，安危之明要，贤主之所留意而深察也。

文章后面还有一部分，是分析当时形势的，暂且从略。照金克木《"古文新选"随想》中的说法，此文"立意严峻而措辞委婉"，"论的是'今天下大患在于土崩，不在瓦解，古今一也'。土崩指老百姓造反。瓦解指诸侯强大。他对皇帝说，手无寸铁的穷百姓比有坚甲利兵的富诸侯更危险"。徐乐上书的时间，在武帝元狩（前122—前117）期间，"武皇开边意未已"，整个帝国包括汉武帝，当时恐怕都算得上意气洋洋，徐乐却仿佛先知般地意识到了这一举措终将带来的土崩问题，因而提醒武帝留意深察，算得上是豫为之防。当然，即便表现出了对徐乐的赏识，也并不代表汉武就会听从建议并改弦易辙——人怎么会轻易地收起自己和（引导或强迫）世人确认过的雄才大略呢——最终，帝国走到近乎土崩地步，几乎是一种必然。

徐乐上书之后不算很久，对外征伐造成的巨大开支和各种连带问题，让汉代社会步入困境："各地建造烽燧城塞，移民实边，灾荒救济，移民就食，兴修水利，以及崇敬神仙，远处游幸、封禅，以及宫室苑囿的建造，所费颇巨。又增设官吏，以严刑酷法惩治人们，由中央遣发使者四出镇压人民进行国内战争。"于是，"作为元狩、元鼎以来开边、兴利、改制、用法和擅赋的结果，元封四年（前107）在关东出现了二百万流民，引起了政局动荡"。及至太初元年（前104），形势每况愈下，"'贰师将军征大宛，天下奉其役连年'，导致'海内虚耗'，'天下骚动'。作为后果，出现了天汉二年（前99）的农民大暴动。这次暴动遍及关东地区，大群数千人，攻城邑，杀二千石；小群数百人，掠卤乡里。关中'豪杰'受到影响，也多远交关东……地方官府不能禁止，汉武帝乃采取非常措施，由皇帝直接派员控制局势……其结果又出现上下相匿不报，暴动更夥。这无疑是西汉建立以来最大的一次来自下层的大震动……汉武帝利用专制权威，孤注一掷，大发直指使者以镇压农民暴动，居然获得成功"，然而，"酿成农民暴动的根本原因并未消除，农民暴动随时有再起的可能"。

借用徐乐的话，不妨说，当时的局势已经到了"民困而主知恤，下怨而上已知，俗已乱而政欲修"的地步，如无积极应对策略，已然明朗的"土崩"之势将进一步加剧，说不定王朝自此易主也未可知。当然，我们不得不意识到，这只是一种最为可能的因果关系，并非唯一——谈到历史问题的时候，无论怎样小心谨慎，弄不好就会掉进"后此，所以因此"（post hoc，propter hoc）的陷阱，即"仅仅因为一件事发生在另一件事之后，就将后者归因于前者"。在即将谈到《轮台诏》之前，我们不得不再次意识到这个可能的陷阱，因为《轮台诏》正是在前述土崩加剧的形势之后发出的，但其间的因果是否像时间的先后那样明确，却让人不得不思之再三。

二

还是《三体III：死神永生》里的故事。那个送给程心一颗星星的云天明，发往太空的大脑居然奇迹般地"活"了下来，在地球最危急的关头要与程心联络。三体世界虽然表示同意，但对谈话的监督却备极谨慎，因此云天明只好对程心讲了三个富有寓意的童话。地球人很快就领会了《饕餮海》和《深水王子》的含义，而《王国的新画师》却迟迟不能破解。那个王国新来的针眼画师，"每完成一幅画，画中的人就从睡榻上消失。随着黑夜的流逝，冰沙王子要消灭的人一个接一个变成了挂在地堡墙上的画像"。因为地球人思维的局限和童话本身（因三体世界的监督而造成的）隐喻的曲折，"针眼的画成了一个永远的谜，这个情节构成了三个故事的基础，从它所显现出来的典雅的冷酷、精致的残忍和唯美的死亡来看，可能暗示着一个生死攸关的巨大秘密"。沿着这个思路推测下去，不知道能不能设想，一个在历史某种关头出现的重大文件，比如我们即将要谈的《轮台诏》，也必然具有这种谜一样的性质呢？

《轮台诏》颁布之前的总体情形，不妨来看《汉书·西域传》的记载："自武帝初通西域，置校尉，屯田渠犁。是时，军旅连出，师行三十二年，海内虚耗。征和中，贰师将军李广利以军降匈奴。"具体到《轮台诏》颁布前的征和三年（前90），汉军分三路进攻匈奴，除李广利军惧降外，"另一路汉军由马通（按即莽通）率领，出酒泉，至天山，在西域活动。汉恐车师遮马通军，乃以匈奴降者开陵侯成娩率楼兰等六国兵共破车师。马通军东归，道死者数千人……另一路汉军商丘成出西河，也无功而还"。

当此形势之下，调整对外政策便成为必要，这才有了桑弘羊等的"轮台奏议"："臣愚以为可遣屯田卒诣故轮台以东，置校尉三人分护，各举图地形，通利沟渠，务使以时益（多）种五谷，张掖、酒泉遣骑假司马为斥候，属校尉，事有便宜，因骑置以闻。田一岁，有积谷，募民壮健有累重敢徙者诣田所，就畜积为本业，益垦溉田，稍筑列亭，连城而西，以威西国，辅乌孙，为便。臣谨遣征事臣昌分部行边，严敕太守、都尉明烽火，选士马，谨斥候，蓄茭草。愿陛下遣使使西国，以安其意。"如此具体而可能有效的建议，或许可以让当时的周边诸国不致因汉军不利而有所摇动，汉武帝却并未采纳，而是"乃下诏，深陈既往之悔"——

前有司奏，欲益（增加）民赋三十助边用，是重困老弱孤独也。而今又请遣卒田轮台。轮台西于车师千余里，前开陵侯击车师时，危须、尉犁、楼兰六国子弟在京师者皆先归，发（征发）畜食迎汉军，又自发兵，凡数万人，王各自将，共围车师，降其王。诸国兵便罢（疲敝），力不能复至道上食汉军。汉军破城，食至多，然士自载不足以竟师（完成军事任务），强者尽食畜产，羸者道死数千人。朕发酒泉驴、橐驼负食，出玉门迎军。吏卒起张掖，不甚远，然尚厮留（滞留）甚众。

曩者，朕之不明，以军候弘上书言"匈奴缚马前后足，置城下，驰言：秦人，我匄（给予）若（你）马"，又汉使者久留不还，故兴遣贰师将军，欲以为使者威重也。古者卿大夫与谋，参以蓍龟，不吉不行。乃者以缚马书遍视丞相、御史、二千石、诸大夫、郎为文学者，乃至郡属国都尉成忠、赵破奴等，皆以"虏自缚其马，不祥甚哉！"或以为"欲以见强，夫不足者视人有余"。《易》之，卦得大过，爻在九五，匈奴困败。公军方士、太史治星望气，及太卜龟著，皆以为吉，匈奴必破，时不可再得也。又曰："北伐行将，于鬴山必克。"卦诸将，贰师最吉。故朕亲发贰师下鬴山，诏之必毋深入。今计谋卦兆皆反缪。重合侯（马通）得虏候者（军中任侦察之事者），言："闻汉军当来，匈奴使巫埋羊牛所出诸道及水上以诅军。单于遗天子马裘，常使巫祝（诅咒）之。缚马者，诅军事也。"又卜"汉军一将不吉"。

匈奴常言："汉极大，然不能饥渴，失一狼，走千羊。"乃者贰师败，军士死略（虏略）离散，悲痛常在朕心。今请远田轮台，欲起亭隧，是扰劳天下，非所以优民也。今朕不忍闻。大鸿胪等又议，欲募囚徒送匈奴使者，明封侯之赏以报忿（报复），五伯所弗能为也。且匈奴得汉降者，常提（提起）掖（挟持）搜索，问以所闻。今边塞未正，阑出不禁（擅自出逃而不加禁止），障候长吏使卒猎兽，以皮肉为利，卒苦而烽火乏，失亦上集（收集）不得。后降者来，若（或）捕生口虏（俘虏），乃知之。当今务在禁苛暴，止擅赋，力本农，修马复令（减免养马者赋役的法令）以补缺，毋乏武备而已。郡国二千石各上进畜马方略补边（补充边马）状（向上级陈述意见或事实的文书），与（随

149

着）计（考核）对（进京报告）。

《轮台诏》针对具体而发，当然要回应具体的问题："一，否决屯田轮台的建议；二，后悔不该派李广利等远征；三，提出'当今务在禁苛暴，止擅赋，力本农，修马复令以补缺，毋乏武备而已'。"也就是说，汉武帝后悔的主要是征和三年之役，"误信军候弘之言及'皆反缪'的群臣'计谋'与占筮'卦兆'，从而做出错误决策；更后悔在海内虚耗、百姓疲敝、政局动荡、不能再大举远征的情况下，没有及时转变政策，因而招致惨重损失，使已经相当严重的局面又雪上加霜"。这封诏书涉及的问题众多，我读来觉得最有感触的，是其间汉武帝流露出的某些心态。

第一部分，汉武体恤补给不足的军兵，不忍于"强者尽食畜产，羸者道死数千人"，"发酒泉驴、橐驼负食"，亲自"出玉门迎军"，这不正是《诗经·小雅·四牡》题旨的所谓"劳使臣之来也"？第二部分，汉武在是否出兵上，"以缚马书遍视丞相、御史、二千石、诸大夫、郎为文学者，乃至郡属国都尉成忠、赵破奴等"，并问及卜卦占筮，均支持出兵。比较《尚书·洪范》"稽疑"的问及君、臣、民、卜和筮（"汝则有大疑，谋及乃心，谋及卿士，谋及庶人，谋及卜筮"），这里恰恰把最开始（或许也是最重要）的"君"放在似有若无的地位，似乎出兵的决策并非出于他手，因此他只是责怪自己"曩者，朕之不明"而不是决策失误，是不是有比较明确的回护色彩？至第三部分，则引匈奴常言，指出贰师将军降敌之因（"失一狼，走千羊"，即失一将军而其兵卒尽失），表现自己对民众的不忍之心，此后则略显出一点颓唐的色彩，所谓"边塞未正，阑出不禁，障候长吏使卒猎兽，以皮肉为利，卒苦而烽火乏，失亦上集不得"，需要从降者或俘虏口中得知坏消息。

或许正因如此，文末提到当今之务时，汉武帝全然没有踌躇满志的样子，倒是有些不得不然的味道。这些文字背后，是不是隐藏着一个老境颓唐的帝王形象呢？这心力衰退的模样，究竟是因为贰师将军的降敌让他一时难以接受，还是他已经步入晚景，预感自己去日无多（下诏后再过两年，武帝就龙驭宾天了），因而英雄气短？或者，也可能是他意识到自己对文景的国策矫枉过正，劳师远征造成了劳民伤财，因而"既悔远征伐"？

三

《三体Ⅱ：黑暗森林》序章，记载了罗辑和叶文洁的一次谈话。后者建议前者研究宇宙社会学，并指出了这门学科的公理："第一，生存是文明的第一需要；第二，文明不断增长和扩张，但宇宙中的物质总量保持不变。"罗辑发现叶文洁对这两条公理仿佛已思考良久，不免有些吃惊。叶文洁说："（这两条公理）我已经想了大半辈子，但确实是第一次同人谈起这个，我真的不知道为什么要谈……哦，要想从这两条公理推论出宇宙社会学的基本图景，还有两个重要概念：猜疑链和技术爆炸。"话题没来得及进一步展开，匆匆说完这番话的叶文洁便走了，罗辑也随后离开，而听到了这番对话的"褐蚁和蜘蛛不知道，在宇宙文明公理诞生的时候，除了那个屏息聆听的遥远的世界，仅就地球生命而言，它们是仅有的见证者"。这时大概还没有读者会意识到，此后《三体》对宇宙文明的认识和人类的自我保全，差不多都蕴含在这灰扑扑的两句话里。有人能从上面的话里推测出宇宙的黑暗前景，以及地球人微乎其微的生存希望吗？或者话题回到《轮台诏》，除了汉武帝对征和三年之役的后悔，有心人能从这封诏书里提取出更为复杂的信息吗？

前文已经写到，班固在《汉书·武帝纪》的赞里，绝口不提其武功，反而大谈其文治，跟西汉之世明确的官方说法并不一致。当然了，这肯定是因为我少见多怪，因为《汉书》跟《史记》一样，也有"互见"之例，比如上面提到的《西域传》中的"深陈既往之悔"，以及此后传赞中所言："孝武之世，图制匈奴……及赂遗赠送，万里相奉，师旅之费，不可胜计。至于用度不足，乃榷酒酤，管盐铁，铸白金，造皮币，算至车船，租及六畜。民力屈，财力竭，因之以凶年，寇盗并起，道路不通，直指之使始出，衣绣杖斧，断斩于郡国，然后胜之。是以末年遂弃轮台之地，而下哀痛之诏，岂非仁圣之所悔哉！"《食货志》也言："武帝末年，悔征伐之事，乃封丞相为富民侯。下诏曰：'方今之务，在于力农。'"这两处谈论武帝的内容，较诸本纪远为复杂，重点对汉武开边造成的国家耗费提出了批评，只用"仁圣之所悔"为其留了颜面而已。

古代修史并非私家著述，如果不是有官方允许，班固会对着仍是刘姓的皇帝责怪人家的祖辈？那究竟是什么原因让班固在《武帝纪》的赞里只谈其文不谈其武呢，是出于忌讳还是有意而为？说实在的，我看着《武帝纪》中一条条干巴巴的记载，想象其背后的盛衰涨落以及累累白骨，有时候真恨不得有《史记》的武帝本纪可以参考，由此辨认写作者的公心或者私意，猜测那个《太史公自序》中提到的《今上本纪》，在"汉兴五世，隆在建元，外攘夷狄，内修法度，封禅，改正朔，易服色"的提纲之下，究竟会写些什么？司马迁会如何对待那个给自己造成了终生耻辱，那个汲黯口中"内多欲而外施仁义"与造成"隆在建元"之治的这个庞大人物呢？

可惜的是，《今上本纪》终不得见，那原因，东汉人卫宏便说："司马迁作《景帝本纪》，极言其短及武帝过，武帝怒而削去之。"因为没有提到《武帝本纪》，三国时王肃就来补苴："汉武帝闻其述《史记》，取孝景及己本纪览之，于是大怒，削而投之。于今此两纪有录无书。"南宋吕祖谦更进一步谓："《武纪》终不见者，岂非指切尤甚，虽民间亦畏祸而不敢藏乎？"也就是说，《武帝本纪》未能留下来，不光"副在京师"的版本销毁殆尽，"藏之名山"的版本也因民间畏祸而消失于世。当然，关于《武帝本纪》缺失的如上说法，难免会引起后世的质疑："其时班氏父子书未成，扬雄等续太史公书盖亦传播未广，宏无所依据，故其所著书，颇载里巷传闻之辞……其言武帝怒削本纪，自属讹传，不可以其汉人而信之也。"这段话持之有故，但也刺激人们忍不住追问，为什么东汉时的里巷传闻会提到"怒削"的问题？关于汉武的历史评价问题，宣帝和哀帝时不是给出了标准版本吗，里巷之人究竟意欲何为？

如果允许推测，我猜差不多的一种可能是，宣帝和哀帝时对汉武的评价并非盖棺定论，因为这评价既没有吸收此前的深入反思，此后甚至因为评价的不够准确引起了反弹也未可知。比如汉武帝去世后六年召开的盐铁会议，轮台奏议的提出者之一桑弘羊坚持他当年的提议，以求进一步"图制匈奴"："群臣议以为匈奴困于汉兵，折翅伤翼，可遂击服。会先帝弃群臣，以故匈奴不革。譬如为山，未成一篑而止，度功业而无继成之理，是弃与胡而资强敌也。"一起参加会议的"贤良文学"当即怼了回去："有司言外国之事，议者皆徼（侥幸）一时之权，不虑其后……夫万里而攻人之国，兵未战而物故过半，虽破宛得宝马，非计也。当此之时，将卒方赤面（将士同敌人作战激烈而面红）而事四夷，师旅相望，郡国并发，黎人困苦，奸伪萌生，盗贼并起，守尉不能禁，城邑不能止。"照这个描述，必然会出现"边境之士饥寒于外，百姓劳苦于内"的境况，因此应该停止征伐。这番对话起码可以提取出来的信息是，在宣帝之前的昭帝之世，一直存在着汉武对外策略的争议。

盐铁会议之后再过七八年，宣帝初继位，"欲褒先帝"，并说出那套对汉武的评价，准备立颂德的庙乐表彰其功，长信少府夏侯胜却出面反对："武帝虽有攘四夷广土斥境之功，然多杀士众，竭民财力，奢泰亡度，天下虚耗，百姓流离，物故者半。蝗虫大起，赤地数千里，或人民相食，畜积至今未复。亡德泽于民，不宜为立庙乐。"王莽当政时期，仗着府库充实，欲"穷追匈奴"，其将军严尤认为是效汉武之下策："汉武帝选将练兵，约赍轻粮，深入远戍，虽有克获之功，胡辄报之，兵连祸结三十余年，中国罢耗，匈奴亦创艾（因受惩治而畏惧），而天下称武，是为下策。"虽然这两次大臣的提议都没获得通过，但大臣廷争，正说明对汉武征伐的负面评价已趋稳定，如赵翼《廿二史札记》"汉书武帝纪赞不言武功"条所言："汉书武帝纪赞专赞武帝之文事，而武功则不置一词。抑思帝之雄才大略，正在武功。乃班固一概抹煞，并谓其不能法文景之恭俭，转以开疆辟土为非计者。盖其穷兵黩武，敝中国以事四夷，当时实为天下大害。故宣帝时议立庙乐，夏侯胜已有'武帝多杀士卒，竭民财力，天下虚耗'之语。至东汉之初，论者犹以为戒。故班固之赞如此。"

按赵翼的说法，就是关于汉武对外征伐的武功，东汉时就基本已经论定其非，此后虽然歌颂汉武的诗文层出不穷，但反对其征伐的意见渐成主流。如贞观年间，唐太宗曾对侍臣说："汉武帝穷兵三十余年，疲弊中国，所就无几。"唐张九龄言："其黩武者，则挽（拉车或船）粟（粮草）飞（形容极快）刍（饲料），穷兵以耗中国。又失于下策，而悔在末年。"宋人苏辙谓："汉武帝外事四夷，内兴宫室，财用匮竭，于是修盐铁、榷酤、均输之政，民不堪命，几至大乱。"差不多同时人孔武仲则云："其末年愀然自悔，弃轮台之地，封丞相为富民侯。"我们是不是可以说，到宋代（甚至早在东汉），汉武帝穷兵在明眼人心目中已经是个显而易见的错失，因而《资治通鉴》里征和四年三月的一段记载，就几乎是事理的必然："见群臣，上乃言曰：'朕即位以来，所为狂悖，使天下愁苦，不可追悔。自今事有伤害百姓，糜费天下者，悉罢之。'"由此引出的关于汉武帝"晚而改过"的"臣光曰"，也算得上是顺理成章——

孝武穷奢极欲，繁刑重敛，内侈宫室，外事四夷，信惑神怪，巡游无度，使百姓疲敝，起为盗贼，其所以异于秦始皇者无几矣。然秦以之亡，汉以之兴者，孝武能尊先王之道，知所统守，受忠直之言，恶人欺蔽，好贤不倦，诛赏严明，晚而改过，顾托得人，此其所以有亡秦之失而免亡秦之祸乎！

或许不妨说，自《汉书》开始陈说的所谓汉武帝晚年之悔（可以看成是人们对一代雄主的善意，或者是某种有意后加于前的劝诫），逐渐在陈述中成为类似"必须这么做"的象征性存在，并连带着追悔之后三个月发布的《轮台诏》，一起成为这一象征性存在的核心文件。也正是在这个意义上，上文中"晚而改过，顾托得人"的"仁圣之所悔"，就不只是简单的曾否发生过此事的问题，而应该恰当地看作历代有心人富有深心的共同"创造"，并因对人世深有益处而成就了其特殊之真——就像《黑暗森林》里那两句灰扑扑的话，在某些特殊的情境中更动了历史的走向，并因为强调得郑重，产生了改变未来某些决策的可能。

附录

吾草木众人也

——与《摽有梅》有关

一

金庸去世的那天晚上，看着铺天盖地的悼念消息，我想起了自己成长跟金庸小说的关系，想起了那些阅读金庸的干净明亮的日子，心下悒郁难纾。打开朋友圈的各类文章，挑其中引用的金庸文字读来读去，却怎么也缓解不了那丝遗恨。直到一篇写金庸出版物中用印的文章，因是第一次看到，我便集中起心志，一方印一方印地仔细读过去。那些需要释读才能认出的字，那些与书中人物和情节若即若离的内容，把我一点点吸引了进去，那个几乎要伴随金庸而去的记忆中的往日世界，就这样重又慢慢展现在眼前——或许，我后来想，只有专心才是调理乱心的唯一方法？

小说集扉页上这三十六枚印章，是金庸自己挑选的，我之所以此前没有看到过，是因为这些印只见于香港明河版，非如我自盗版读起者所易见。这些印，相信不同的人会喜欢不同的部分，一个人在不同的年龄段，也会有不同的喜好。拿我来说，如果是二十年前，我应该会喜欢《书剑恩仇录》中的"登山观海"，《倚天屠龙记》中的"身行万里半天下"，《天龙八部》中的"虎啸风生，龙腾云萃"，《鹿鼎记》中的"兴酣落笔摇五岳"，甚至会喜欢《碧血剑》中的"负雅志于高云"；如果是十年前，我大概会喜欢《飞狐外传》的"最爱热肠人"，《笑傲江湖》中的"吾亦澹荡人"，《侠客行》中的"心无妄思"，或者会喜欢《射雕英雄传》中的"要知天道酬勤"，《神雕侠侣》中的"富岗百炼"。

现在呢，看到"最爱热肠人"，只觉得心中有说不出的滋味，难免会想到与热肠的胡斐对应的程灵素，那方"素情自处"的印，应该就是献给她的。记得当年灯下读《飞狐外传》，眼看着程灵素在七心海棠的毒性之下慢慢委顿下去，心里说不出的难过，那个斜倚在角落里的干瘦女孩，是我心中多年挥之不去的形象之一。是的，"肝肠如雪，意气如虹"的飞扬固然让人豪气干云，"兰生而芳"的性情选择和正向磨砺也给人鼓舞的力量，但人在世上经受得稍微多了一点，或许会渐渐明白，曲折才是路的本性，会明白古人为什么谆谆提到人需"不贪为全"，也约略能够体会"櫱下琴"的况味——櫱，"树小，状似石榴，皮黄而苦"。这苦呢，也不是如惯常感慨的那样，人生就是没来由的苦不断，而是如櫱下抚琴，琴音带来一点一点喜悦，而櫱的苦味，也始终笼罩在这丝丝缕缕之中，苦乐就这样一直互相渗透着。

稍一留意，我便发现自己喜欢的印，内容竟都不是某种单一的境况了。《神雕侠侣》第二册用印为"鲜鲜霜中菊"，出韩愈《秋怀诗》之十一，是长诗，周围的四句为："鲜鲜霜中菊，既晚何用好。扬扬弄芳蝶，尔生还不早。"鲜鲜，好貌。钱谦益《秋怀唱和诗序》言："夫悲忧穷蹇，蛩吟而虫吊者，今人之秋怀也。悠悠亹亹（勤勉不倦），畏天而悲人者，退之之秋怀也。"所谓畏天，是说时令既至"霜中"，当然是"既晚"吧？所谓"悲人"，是以霜中菊为喻，欲伴芳蝶飞舞，为何不早生呢？确是惯见的悲秋主题，但如钱谦益所云，即便只这四句，也并非悲忧穷蹇，蛩吟虫吊，而是在叹惋之前破空而言"鲜鲜霜中菊"，傲然挺立之姿一笔绘出，鲜丽之貌如在目前。回看这方吴昌硕的印，"鲜"字娇媚，"霜"字厚实，"中"字平正，"菊"（鞠）字左苍茫而右倨傲，倨傲处如人翘腿而立，或正以模拟霜中之菊的"鲜鲜"之姿，也于此显出人在多歧之世的不群之态——一方印究竟刻什么、怎么刻，本身就代表着印家的认识水准，此印的完成方式，或许就是吴昌硕对此诗或此世的认知？

脑洞开得有点儿大，回到《神雕侠侣》第一册的用印，"千里之路不可扶以绳"，出《管子·宙合》："千里之路，不可扶以绳；万家之都，不可平以准。"其中的"扶"字，有写为"直"者，其义通，应跟"蓬生麻中，不扶自直"的"扶"同为扶持义。"绳"为木工用的墨线，是古代用来取直的工具；"准"为取平之具，两者合称"准绳"，以喻规矩法度。长达千里的路，地形变化复杂，不能用绳来规直；大到万家的市镇，其间崎岖起伏正多，不可以用准来取平。引而伸之，人生这条长路，岂可以按照准绳来走？人之性情不同，各如其面，杨过并非郭靖，郭靖的路未必适合杨过，反之，杨过的路也不必适合郭靖，谁走的能算是直路呢？或许道理如《管子》此段的鸟飞之喻："'鸟飞准绳'，此言大人之义也。夫鸟之飞也，必还山集谷；不还山则困，不集谷则死。山与谷之处也，不必正直，而还山集谷，曲则曲矣，而名绳焉。"无论鸟飞过多么曲折的线，能还山集谷，就是鸟飞之绳。不管在外人看来走过多少崎岖，一个人最终走上了适合自己性情的路，是否就可以算正路呢？

在全部的三十六方印中，"灵丘骑马"印出自《天龙八部》第五册，看起来没有那么紧凑文气，四字朱文笔画较细，缺笔也多，却又不似文人印的故作残旧。读下来，原来这是一方汉代烙马印，古代官方用于烙马的专用玺印，铁质，烧红后烙于马身。为便于标别，这类印一般形制较大，但因白文造成的烫伤面积大，所见皆为朱文。按照这一逻辑，烙马印的笔画细和缺笔多，恐怕也是出于这个原因。如果这逻辑无误，此类印在艺术上所谓布局的疏朗、笔画的古朴、体势的奇特，恐怕都跟烙马的实际用途有关。章学诚说，"古人未尝离事而言理"，不知是不是可以套用为，"古人未尝离事而有艺"？艺文之事，或许初不为竞逐匠心、遣词造句，只是事、务之间的偶然得之？

这样说起来，《连城诀》中那方"吾草木众人也"印，或许就不牵扯什么大人物小人物的比照，而是一个再朴素也没有的人生感喟——我并非什么特殊材料制成的，只是如草木一样会摇落的众人而已。去掉所有的推测和附加，这方印直白地说出了一个真实到近乎残酷的事实，这也就怪不得读到这方印的时候，我心里着实动了一动。

二

在比喻使用中有一个有趣的现象，越是自身特色明显的东西，能用为取喻的面向就越窄，而如草木之类无鲜明特点者，反是诗文中最易从不同侧面取譬的物什。"万物草木之生也柔脆""萧瑟兮草木摇落而变衰"，取的是草木之柔脆易衰；"松柏之下，其草不殖""种豆南山下，草盛豆苗稀"，有取于草木之顽韧竞存；《诗经·隰有苌楚》之"夭（少）之沃沃（叶润泽），乐子之无知"，取义"苌楚无心之物，遂能夭沃茂盛，而人则有身为患，有待为烦，形役神劳，唯忧用老，不能长保朱颜青鬓，故睹草木而生羡也"，后代释老用草木喻绝思塞聪，或也有鉴于此。而如《诗经·召南》中的《摽有梅》，则将梅子成熟期这一阶段的形态，用为譬喻——

> 摽有梅，其实七兮。求我庶士，迨其吉兮。
> 摽有梅，其实三兮。求我庶士，迨其今兮。
> 摽有梅，顷筐塈之。求我庶士，迨其谓之。

我初次读到这首诗的时候，没有见过梅树，当然也没有见过梅子，或者更确切地说，我即使见过梅树或梅子，也并不知道自己见过，所以后来看到杨梅的时候，我以为那果实就是诗中经常出现的梅，难免有点儿失望。怎么说呢，那种过手留紫、一碰即溃、需要人小心翼翼对待的样子，也太不像诗中所写可以经雨的梅子吧？禅宗大德说的"梅子熟也"，怎么可能指这种梅？这当然是我自己的少所见而多所怪，诗书中的梅应该指的是青梅，未成熟时果实青绿色，可以泡酒，故而有"青梅煮酒"之典；成熟后皮呈金黄色，肉似琥珀，其时产地多为雨季，所以有"梅子黄时雨"的名句。禅宗用梅子之成熟表示印可，不光铢两悉称，也有一种特殊的美感没错吧？

上面关于杨梅的猜测，完全是我读诗不细引起的，诗中的"摽"为落义，"有"是语助词，"顷筐"是斜口的竹筐，"塈（jì）"为取义，落下的梅子既然可以用筐来盛，当然不会是碰都碰不得的杨梅。庶，众；迨，及；吉，吉日；梅子成熟之后，开始逐渐落下枝头，现在树上还剩七成，有心的小伙子啊，还不趁着好日子？今，今日；枝头梅子只剩下了三成，有心的小伙子啊，还不好好抓紧？谓之，相告语而约定，梅子几乎全落下来了，已经需要用筐来盛，有心的小伙子啊，来说一声归来得及吧。随着枝头梅子剩下得越来越少，人之年华与之俱去，便不免越来越心急，"首章结云：'求我庶士，迨其吉兮'，尚是从容相待之词。次章结云：'求我庶士，迨其今兮'，则敦促其言下承当，故《传》云：'今，急辞也。'末章结云：'求我庶士，迨其谓之'，《传》云：'不待备礼'，乃迫不及缓，支词尽芟，真情毕露矣。"

梳理诗义的过程中，我尽量避免出现对作者的明确推断，但无论怎么迂回，恐怕作者为女性的结论最容易得到认同——尤其是在现下追求男女平等的语境中。可即便在当今的语境中，女性"迫不及缓"也未必每个人都能接受吧？很奇怪的是，此诗的作者身份问题，在宋以前不太有人讨论，反倒是朱熹被人问起："《摽有梅》之诗固出于正，只是如此急迫，何耶？""若以此诗为女子自作，恐不足以为《风》之正经。"问题这样提出来，向来从容不迫的朱夫子，我看回答时已经是防守姿态了："此亦是人之情。尝见晋宋间有怨父母之诗……读《诗》者于此亦欲达人之情。""此为女子自作也不害。盖里巷之语，但如此已为不失正矣。"且不说这里所谓的"里巷之语"，已经跟朱熹在《诗集传》中所谓的"南国被文王之化，女子知以贞信自守"有所矛盾，恐怕也开了后世认风诗为民间歌谣的先河。

即便如此，相比此后明清人对诗为女子自作的议论，朱熹已经算得上通达人情。明李元吉《读书呓语》中云："《摽梅》固婚嫁之期，但女子而言庶士当早求己，恐非女子所宜言也。"这话虽通融的余地小了，但仍不失大体的平和，清姚际恒在《诗经通论》中的批评，就显得相当尖锐了："嗟乎！天下乎地，男求乎女，此天地之大义。乃以为女求男，此'求'字必不可通。而且忧烦急迫至于如此，廉耻道丧，尚谓之二南之风、文王之化，可乎？"即便是解诗向来通达的方玉润，于此诗的女子自作说，也深不以为然："求婿不曰'吉士'，而曰'我庶士'，加'我'字于'庶士'之上，尤为亲昵可丑……呕呕难待，至于先通媒妁以自荐，情近私奔……然此犹就其词气言之，而其大不合者，则以女求男为有乖乎阴阳之义者也。"

既然诗是否女子自作的问题让朱熹疲于应付，宋以后变本加厉，当时的社会肯定有什么总体的倾向，让问题变得没有那么简单。阿城在《闲话闲说》中提到一件事情，我觉得有可能是问题的根源之一："礼下庶人，大概是宋开始严重起来的吧，朱熹讲到有个老太太说我虽不识字，却可以堂堂正正做人。这豪气正说明'堂堂正正'管住老太太了，其实庶人不必有礼的'堂堂正正'，俗世间本来是有自己的风光的。明代是礼下庶人最厉害的时候，因此贞节牌坊大量出现，苦贞、苦节，荼害世俗……清在礼下庶人这一点上是照抄明。"思路是不是有点儿清晰了？礼下庶人的结果，不正是千里之路扶以绳、万家之都平以准吗？那个自为的丰厚世俗，哪里经得起这样整齐划一的规范，又哪里经得住文人把自己的方巾扣在她们头上呢？

三

前几天因为繁忙，我抽出书架上的《问中医几度秋凉》，带着路上读。这书我过去读过，里面没有神出鬼没的术语，也没有一惊一乍的理论，就是实实在在写下自己跟中医有关的见闻，却因为讲述的朴素而让人看着心静。开头不久，我就重温了两个故事。作者的母亲是中医，有一次，一个中学女教师来找母亲看不孕不育症，母亲诊脉后，也不开药，只是跟对方聊天，聊着聊着，这原本安静的老师忽然拍手大叫："天，我明白了。这么说，那些有作风问题的女人是因为有生理方面的要求？"另有一次，一个中年女性领着病恹恹的女儿来看病，诊脉过后，母亲把中年妇女拉到一边，说："你这当妈的糊涂，该给姑娘找婆家了，不要等出了事……"

上面的故事，大概力辟中医的人是不会相信的，我却觉得很有些道理。或许有些病真的需要开膛破腹、调节激素，但有一些，大概只要认识到原因，自己就可以慢慢调理过来。就拿第二个故事来说，一旦意识到问题所在，只要不以生理或心理问题为耻，而是温和地理解人的生物本能，或许连药都不必用。其实这个故事，在民风更加彪悍的时代或地域，本来是可以由女性自己说出来的。南北朝时的《地驱乐歌》，就直率地说出了心事："驱羊入谷，白羊在前。老女不嫁，蹋地呼天。"或者如《折杨柳枝歌》，虽稍委婉，仍然直接："门前一株枣，岁岁不知老。阿婆不嫁女，那得孩儿抱？""问女何所思，问女何所忆。阿婆许嫁女，今年无消息。"

如果把《摽有梅》放在南北朝乐府里，大概自宋以来的质疑会减少很多吧，说不定还嫌这诗过于含蓄也未可知。《摽有梅》的问题，不在里面的话该不该说，而是在经书中这些话该不该说。从这个方向看，朱熹可以说使出了浑身解数，努力让这诗可以在经书序列里成立："女子自言婚姻之意如此，看来自非正理，但人情亦自有如此者，不可不知。向见伯恭《丽泽诗》，有唐人女言兄嫂不以嫁之诗，亦自鄙俚可恶。后来思之，亦自是见得人之情处。为父母者能于是而察之，则必使之及时矣，此所谓'诗可以观'。"自鄙俚可恶中见人之情，又兜转到正统的"诗可以观"上，真可谓煞费苦心。当然，也可以不用像朱熹这样想着和解人情和经书之间的矛盾，而是把经书牵扯的复杂问题放在一边，鼓励特立独行或直白无隐就行了，即如明代的钱琦，就非常明确地说："《摽梅》直言其意，无顾忌，无文饰，此妇女明洁之心也。今人痼疾，只以文饰说词，不曾吐露衷曲。"

看前人解《诗经》，偶尔会发现一些有趣的现象，比如大部分人会在自己擅长的范围内为作诗者或诗本身开解。像经解独步的朱熹就会从诗教上着力，而乾嘉大师俞樾则从解句入手："《昏礼》：'男下于女。'而此诗两言'求我庶士'，黄东发引戴岷隐云：'求我庶士，择婿之词，父母之心也。'是亦曲为之说……此句乃是倒句，'求我庶士'犹云'庶士求我'也。《笺》云：'求女之当嫁者之庶士。'此顺经文为说，故语意缭曲，不甚可解。使云'众士求女之当嫁者'，意即瞭然矣。"也就是说，曲园老人在最招不满的"求我庶士"四个字上，施行了釜底抽薪之法——"求我庶士"该读为"庶士求我"，则既保全了经书的"男下于女"，又使此诗怡然理顺，算得上是解诗出神入化的表现。如果沿着曲园老人的思路，或许并不需要用倒装的方法来解，只需要把断句的方式一变，也可以让疑难涣然冰释——把"求／我庶士"断成"求我／庶士"，意思不就成"求我的庶士"了吗？

作为经书有个好处，不管写作上是不是有漏洞，后人都会想方设法来背书或弥缝，上面朱熹、钱琦和俞樾的方式是一例，攻击此诗为女性自作的诸人将此诗另立题旨又是一例。比如李元吉就说："此殆在位者感佳实之渐落，虑贤者之易老，故欲早求之耳。"姚际恒则云："愚意此篇乃卿大夫为君求庶士之诗……'庶士'为周家众职之通称，则庶士者，乃国家之所宜亟求者也。以梅实为兴、比，其犹'盐梅和羹'及'实称其位'之意与？""盐梅和羹"出《尚书·说命》，是高宗武丁对傅说所言，"若作酒醴，尔惟麹蘖（发酵物），若作和羹，尔惟盐梅（调味品）"，是君求贤臣之喻。方玉润承姚氏之旨曰："盐梅和羹，《书》之喻贤者，非摽梅之谓乎？硕果不食，《易》之象剥也，非'其实七'、'其实三'之谓乎？庶常吉士，则《周官》众职之称，故曰求士，而又曰'我庶士'，亲之乃所以近之耳。"

根本不用寻求文学史上所谓"以男女喻君臣"的帮助，即据诗之本文立论，求贤说就完全讲得通对吧？只是这个关于题旨的"求贤说"，甚至包括反向而似的"求用说"，或者是思路更加飘忽的"庶士愆期不归说"，或者是俞樾引戴溪（岷隐）所谓的"父母为女择婿说"，虽然看起来是尊经卫道，却已经类似于疏以破（毛）注，差不多都是在离"经"而言《诗》了。那么，在更古经书系统里的《摽有梅》，究竟是怎样的呢？

四

读书的时候，我有一段时间非常喜欢穆旦，待把他的诗文翻过一遍，就找他的各种翻译来看。记得当时读得最过瘾的是《丘特切夫诗选》，从图书馆借出的一本薄薄的小册子，纸张已经泛黄。当然，我现在已经不记得是丘特切夫的诗果然写得好，还是因为在一次访谈中看到塔可夫斯基从小就读他的诗才觉得好，总之记忆中留下了很深的印象。同样是穆旦翻译的普希金诗，当时学校的旧书店里经常三折有卖，大概是因为版本太常见，意思也稍显直白，除了少数几首，没有留下特别深的印象。留下印象的几首中，有一首是《生命的驿站》，穆旦的翻译如下：

> 有时候，虽然它载着重担，
> 驿车却一路轻快地驰过；
> 那莽撞的车夫，白发的"时间"，
> 赶着车子，从没有溜下车座。

> 我们从清晨就坐在车里，
> 都高兴让速度冲昏了头，
> 因为我们蔑视懒散和安逸，

我们不断地喊着：快走！……

但在日午，那豪气已经跌落；
车子开始颠簸；我们越来越怕
走过陡坡或深深的沟壑，
我们叫道：慢一点吧，傻瓜！

驿车急驰得和以前一样，
临近黄昏，我们才渐渐习惯，
我们瞌睡着来到歇夜的地方——
而"时间"继续把马赶向前面。

　　所有人都坐在命运的马车上，莽撞的车夫是苍老的时间，它从没有停留过，但马车上的人感觉却在不断变化——少年清晨之时，人们只恨马车跑得太慢，不断催促着它"快走"；青壮年的正午时分，感受到时间的流逝之速，生命中最好的时光转瞬即去，坎坷和苦辛随之而至，人们开始希望命运的马车能够慢一点，再慢一点；进入黄昏老年，人们慢慢适应了急驰的马车，而死亡却已等在前头，时间这老车夫不管不顾，继续策马向前。这飞快的光阴不会停留，人渐渐体味到其中无奈的况味，就像《法句经·无常品》所言："是日已过，命亦随减，如少水鱼，斯有何乐？"
　　《摽有梅》不妨看成从日午豪气跌落时截取出的一小段时光，人在由盛转衰的某个点上，开始感受到韶华易逝，心里陡然一紧，对外在事物的感知忽然敏锐起来："摽有梅，其实七兮。摽有梅，其实三兮。摽有梅，顷筐塈之。"《正义》对"摽梅"的解释，跟梅子成熟的节令结合起来（更复杂的是跟婚嫁时间的结合）："首章'其实七兮'，谓在树者七，梅落仍少，以喻衰犹少，谓孟夏也。二章言'其实三兮'，谓在者唯三，梅落益多，谓仲夏也。又卒章'顷筐塈之'，谓梅十分皆落，梅实既尽，喻去春光远，善亦尽矣，谓季夏也。"梅子的坠落和时光的疾驰一而二、二而一，共同构成了一个鲜明的由盛转衰的形象，这时候，人最容易想到的，是不是担心时日已过，想着怎么捉住一点流光碎影？

关于《摽有梅》，欧阳修《诗本义》取的大约就是担心的这层意思："自首章'梅实七兮'以喻时衰，二章、三章喻衰落又甚，乃是男女失时之诗也……毛郑以首章'梅实七'为当盛不嫁，至于始衰；以二章'迨其今'为急辞；以卒章'顷筐塈之'为时已晚，相奔而不禁，是终篇无一人得及时者与？"继之又言："梅之盛时，其实落者少，而在者七；已而落者多，而在者三；已而遂尽落矣。诗人引此，以兴物之盛时不可久，以言召南之人顾其男女方盛之年，惧其过时而至衰落，乃其求庶士以相婚姻也。吉者宜也，求其相宜者也；今者时也，欲及时也；谓者相语也，遣媒妁相语以求之也。"

欧阳修对此篇诗旨的体味，包括上面提到的"求贤说""求用说"等，都有自成一家的道理，不过这些说法显然或多或少忽视了这首诗在《诗经》中的位置。《摽有梅》在《诗经》的"召南"之中，召南的核心是"明南国诸侯受化"，失时和希冀应该都不合乎"正风"。果然，毛诗和三家诗对此诗的解说皆弃失时之感慨而为及时之赞美。毛诗小序："男女及时也。召南之国，被文王之化，男女得以及时也。"王先谦《诗三家义集疏》引"蔡邕《协和婚赋》：'《葛覃》恐其失时，《摽梅》求其庶士。惟休和之盛代，男女得乎年齿。婚姻协而莫违，播欣欣之繁祉。'"没错，既然是"正风"，感慨也好，希冀也罢，都要驱逐到"变风"里去，在这里，所有的不合时宜，必须放进一个更大、更正确的时宜里去考虑，即如《正义》所言："纣时俗衰政乱，男女丧其配耦，嫁娶多不以时。今被文王之化，故男女皆得以及时。"糟糕的归纣王，美好的归文王，整个《诗经》系统不就是这么个逻辑？

如果我在这个地方接着说，这个看起来古怪的注释系统，却给出了另外一个重大启发，不知道会不会引起哂笑？对，对，不必回答，我已经看到了你轻微上扬的嘴角。

五

不妨回过头来说"吾草木众人也"这方印。如果不理会那些附加的解释，只看这话本身，是不是跟"摽有梅"的七、三、顷筐大义相近，都是从人世中撷取出来，无论消极积极，总之神态自若，不假说明。人于其间也可欣慰，也可叹惋，也可欣慨交心，敏感者甚至能从中感受到生命的柔脆、时光的流逝，深入点却也能看到更广阔的天地不仁，以及天地不仁背后活泼泼的生机。

空口无凭，那就来说说普希金的诗。《生命的驿站》可不是神态自若，马车上的乘客一时不断喊着"快走"，一时又希望马车"慢一点吧"，最终落实到"歇夜的地方"，那地方恐怕就是死亡。在这首诗里，人每个阶段的情形都有相应的神态，读的感觉就必然跟着每个情境转化，而快要到达人生终点的时候，我们不禁会想，是不是有一个叫作上帝的在等着他们？或者像《法句经·无常品》，在说完生命的迅疾之后，立刻转入呼告："大众！当勤精进，如救头然（燃），但念无常，慎勿放逸！"那么，没有宗教体验的人呢，他们如何在露水的人世走过这一生？

在古代诗词中，大多会把这类人世中取出的片段发挥引申，变成对生命易逝的喟叹。例子不胜枚举，不妨来看《古诗十九首·冉冉孤生竹》："伤彼蕙兰花，含英扬光辉。过时而不采，将随秋草萎。"或者李煜《相见欢》："林花谢了春红，太匆匆。无奈朝来寒雨，晚来风。"或者刘希夷《代悲白头翁》："今年花落颜色改，明年花开复谁在？已见松柏摧为薪，更闻桑田变成海。古人无复洛城东，今人还对落花风。年年岁岁花相似，岁岁年年人不同。"或者，就挑金庸《侠客行》中的一方印吧："回首旧游何在，柳烟花雾迷春。"印文出自曾觌《朝中措·维扬感怀》，全文如下——

雕车南陌碾香尘，一梦尚如新。回首旧游何在，柳烟花雾迷春。

如今霜鬓，愁停短棹，懒傍清尊。二十四桥风月，寻思只有消魂。

又是烟又是雾，又是雕车又是香尘，又是霜鬓又是销魂，显见得整阕词语调低沉，感慨良多。这样的词句，只要不推求过深，显然可以算"无用的东西"，"只是以达出作者的思想感情为满足的，此外再无目的之可言。里面，没有多大鼓动的力量，也没有教训，只能令人聊以快意。不过，即这使人聊以快意一点，也可以算作一种用处的：它能使作者胸怀中的不平因写出而得以平息；读者虽得不到什么教训，却也不是没有益处。"或者可以说，这类诗词中的感慨，因为每个人都或多或少感受过，从而带有一种同生共感的暖意，就像一只善解人意的手的抚慰，虽然没有太大的作用，但能伴人度过一些难熬的时光，不已经很不错了吗？

只是，这样的写作和阅读会导致一个问题，就是愁思忧怀泛滥，不小心会把人带进悒郁的深渊里，镇日闷闷不乐，甚之者可能会造成严重的心理问题。前面说到《诗经》的注释系统，正是在这里表现出深稳扎实的一面。你看，为了说清楚"男女及时"，《正义》居然根据《郑志》说到了"蕃育"："云'及时'者，此文王之化，有故不得以仲春者，许之，所以蕃育人民。"也就是说，即使男女婚嫁失时，也可以换个时间重新来过，不必过于拘泥礼法。而这个可以不拘泥礼法的判断标准，则是蓄育人民——一个跟事、务联系无限紧密的标准。如此一来，则诗中看起来有点儿着急的女性行为，也就得到了合理解释："女年二十而无嫁端，则有勤望（苦盼）之忧。不待礼会而行之者，谓明年仲春，不待以礼会之也。时礼虽不备，相奔不禁。"注解居然以经书、正风、文王的名义，拼成了一个几乎可以容纳下后代绝难接受的行为方式，连礼的堂堂正正都没有强制到民间，是不是有点儿值得欣慰？

在我看来，这首诗的古注更重要的，是在梅子日益坠落的事实之下，翻出一层人世的健朗来——是的，生如草木，命若摽梅，可人呢，却并没有一直沿着这方向去感叹，去追怀，去在坏情绪里沉迷，而是一转而面向热烈的人世，兴兴头头去关心一件切身的事，对没有上帝或佛接引来世的社会来说，这是不是最好的方式之一？我有点想说，跟后世人们的解释或另外的诗词比较起来，经由经书系统培育出的阅读方式，让人在读一首诗的时候，不只是得到抚慰，而是慢慢从失落中捡拾出一点什么，或许是生机，或许是期盼，或许只是一次小小的抖擞，由此，人们走出了一个小小的困境，调节了一次心情小小的不适，这是不是已经足够？假设可以想得再远一点儿，这个意思如果一直贯穿在某个特殊的教化系统里，人看到或听到这首诗的时候，是否会不停留在对生命的感慨上，而是生发出某种向上的可能呢？

濯去旧见，以来新意

——关于"朱子读书法"

一

这几天，因为翻读一本新书，思想上引起很大的震动，就一边读一边在网上搜求里面提到的十几种相关书。有几本因为早已不是新书，网上的价格竟已涨到五六倍，而十几年前这些书打折出售的情形还历历如在目前——当时并没有觉得这些书有什么重要，即便有师友郑重提起，也并不特别在意。这不禁让我意识到，及时阅读并敏感地识别出某些书中蕴含的重要信息，本身就是读书有得的标志，甚而言之，我们几乎可以从某个人选择购置或仔细阅读的书中，看出其自身的读书水准。这个情形大概并不限于新书，即便是旧书提示的相关线索，仍然需要敏锐地识别出其中的含义，沿着某个方向追溯下去，如此温故知新，大约才可能学有所进。

仿佛是为了给我提供一个练习上面认识的机会，在准备这篇文章的时候，就再一次遇到了金克木的话，说的是朱熹

《四书集注》中《孟子》注的最后一段："他引程颐给程颢作的墓碑记作为全书的总结。孟子暗示自己继承尧、舜、汤、文王、孔子（没有周公）而结束。朱熹接着在注中引来此文，明示程氏兄弟继承周公、孟子。'有宋元丰八年，河南程颢伯淳卒'云云，不过两百多字，若抄出来大家一看便知其中奥妙和文体特色。"线索已经出现，那就赶紧翻出朱熹的这段话来看——

　　有宋元丰八年，河南程颢伯淳卒。潞公文彦博题其墓曰"明道先生"，而其弟颐正叔序之曰："周公殁，圣人之道不行；孟轲死，圣人之学不传。道不行，百世无善治；学不传，千载无真儒。无善治，士犹得以明夫善治之道，以淑诸人，以传诸后；无真儒，则天下贸贸焉莫知所之，人欲肆而天理灭矣。先生生乎千四百年之后，得不传之学于遗经，以兴起斯文为己任。辨异端，辟邪说，使圣人之道焕然复明于世。盖自孟子之后，一人而已。然学者于道不知所向，则孰知斯人之为功？不知所至，则孰知斯名之称情也哉？"

　　程颐的墓志好像没什么难懂，核心是说其兄程颢虽生于孟子之后一千四百年，却"得不传之学于遗经，以兴起斯文为己任，使圣人之道焕然复明于世"。那么，金克木说的"奥妙"是什么？或许可以从他另外一个地方的话来猜测："代言的应对，应对的代言，可以说是传统古代文体的极致。句句是自己说，又句句是替别人说；仿佛是自己说，实在是对别人说，特别是对在上者说；这就是奥妙。"那么，朱熹及由他提倡出来的《四书》，让程颐的序代言应对的是什么呢？"（朱熹编定的）《四书》若作为一篇对策，很像是朱熹为忽必烈、永乐、乾隆预备的。说不定他在南宋时已隐约见到并盼望天下大势必归一统，不过没想到统一者会不是汉族，正如《四书》（各自产生的时候）没有想到统一天下的是秦始皇一样。"

在我看来，金克木的话里还含着另外一个奥妙，即上文括号中的"没有周公"。这个取消周公的行为，说不定暗含着"孟子升格运动"的奥妙——"《孟子》升为经部的运动，实始于唐而完成于宋。宋淳熙间，朱熹以《论语》与《孟子》及《礼记》中的《大学》《中庸》二篇并列，《四书》之名始立。元延祐年间，复行科举，《四书》一名更见于功令。于是《孟子》遂与《论语》并称，而由子部儒家上跻于经部。"伴随这一升格运动的，恰恰是被或明或暗抽掉的周公，也就是圣人序列由周孔（中间经过孔颜）而转为孔孟："自宋以下，始以孔孟并称，与汉唐儒之并称周公孔子者，大异其趣。此乃中国儒学传统及整个学术思想史上一绝大转变。"这个转变或许也就是"圣人之道"和"圣人之学"一歧为二的过程，以周公为标志的治、道合一的人物被取消（如在孟子那里），或归入"圣人之道"的"治统"（如在程颐的墓志中），而"圣人之学"则独立而为"道统"，并在读书人中有了超越"治统"的独立位置（"无善治，士犹得以明夫善治之道；无真儒，则天下贸贸焉莫知所之"）。

"治统"和"道统"的分割，无限放大了哲人－王之间的短横，哲人（或深思有得的读书人）放弃或终止了成为王的可能，一方面表明自己对世间权力的放弃，从而变成了一个旁观（监督）者，另一方面也就大大减损了精神上某个极为重大的维度。从我开头提到的那本新书梳理的思路来看，权力和智慧本来"像恋人一样纠结于恩怨情仇、相爱相杀的有趣关系"，但抽掉了周公的爱智者等于斩断了二者神秘的亲缘关系。与此同时，权力却并未放松对智慧的注意，弄不好，就是罪犯和哲学家成了同盟："罪犯——尤其是重罪犯——和哲学家都是逡巡在政治秩序边界的特殊物种，只有他们深识政治体的漏洞，也只有他们能够对政治体构成致命的挑战和根本的保护。"也就是说，即便哲人主动放弃了可能如周公一样为王的嫌疑，仍然难以避免被权力和与权力相关的城邦神警惕，显现出天然犯有过错的样子。

从这个意义上，我们或许可以理解，古代读书人采用"代言的应对，应对的代言"来委婉表达自己的意思，或许不是出于天性的胆小，而是对自己"历史境况做出的政治调适"。不过，即便表述得再委婉，哲人也未必能避免历史境况的吞噬力，即如朱熹的学说，"在他生前和死后都曾被当时南宋朝廷宣布为邪说"，要到南宋末期才平反。朱熹真正受到重视，并最终配享孔庙，是历史境况发生更大转变之后的事情了："从蒙族统治的元朝起，历经汉族统治的明朝和满族统治的清朝，他都被尊为继承孔孟的大儒。他的《集注》和《四书》本文一样受到极端尊重。其中至少有一个原因是这三朝都是一统天下而且眼光甚至势力远达境外，非南宋可比。"是不是不妨说，同一个朱熹思想，某一时期"对政治体构成致命的挑战"，另一个时期则变成了对政治体"根本的保护"——弄不好二者本来就是一回事。

话说到这里，差不多已经大大超出我的认知能力，再写下去难免左支右绌。好在这篇文章的本意不是要谈朱熹的思想和他面对的历史境况，只是要挑出几则他关于读书的说法来学习，用来比照自己在此一问题上因不够诚恳而来的虚荣和不够踏实而来的浮躁，也就顺势打住，来看看作为卓越读书人的朱熹是如何谈论读书的。需要提到的是，朱熹集中谈论读书的话，一是收在《朱子语类》卷第八"总论为学之方"，以及卷第十、第十一"读书法上、下"里，一是收在后人编定的《朱子读书法》中。

二

数年前，跟师友们共读列奥·施特劳斯《什么是自由教育》，觉得终于为自己因为懒惰而偏好读书找到了理由："我们被迫与书一起生活。"可是，等有时间仔细推敲，不免又疑惑起来，在没有书之前，不是照样有人做出了卓越的事功吗，为什么我们要"被迫与书一起生活"？再翻开这篇文章，原来施特劳斯已经提前给出了理由："一个未开化的社会，在其最好状态中是由沿着原初立法者，亦即诸神、诸神之子或诸神的学生传下的古老习惯统治的社会；既然还不存在书写，后来的继承者就不能直接地与原初的立法者联系；他们无法知道他们的父辈或祖父辈是否偏离了原初立法者的意图，是否用仅仅人为的附加或减少去毁损那些神圣的消息；因此一个未开化的社会不能前后一贯地按其'最好即最古老'的原则去行为。只有立法者留下的书写才使他们向后代直接说话成为可能。因此，企图回到未开化状态是自相矛盾的。"

这次因为重新读《朱子读书法》，在其中一个编定者张洪的序里，竟然看到了相似的话，不禁惭愧自己因读书少而来的多所怪："皋、夔（舜帝时贤臣）所读何书？世率以斯言藉口。岂知帝王盛时化行俗美，凡涂歌里咏（路途邑里的人歌唱吟咏）之所接，声音、采色、乐舞之所形，洒扫应对、冠昏丧祭之所施，莫非修道之教，固不专在书也。三代而下，古人养德之具一切尽废，所恃以植立人极者，惟有书耳。此书之不可不读也。"作为"古人养德之具"的歌咏、乐舞、礼仪，都可以是施特劳斯所谓的"诸神、诸神之子或诸神的学生传下的古老习惯"，不必非得读书然后有获。或者照朱熹的说法，"上古未有文字之时，学者固无书可读，而中人以上，固有不待读书而自得者。但自圣贤有作，则道之载于经者详矣，虽孔子之圣，不能离是以为学也"。参照施特劳斯的意思，我们不妨说，"圣贤有作"差不多是开始书写的立法者一种特殊的断代，表征着历史自此进入了可供检视的记载时代。由此，或许可以解开一个长久以来的疑惑——即便中国传统有所谓"最好即最古老"的原则，那也说不定正是圣贤（立法者）有意书写下来的，以便为这洪荒的人世确立某些可以凭靠的路标。

可惜的是，像我这种资质愚笨的人，尽管明白不得不跟书一起生活，仍然难免在读书过程中遇到各种各样的问题——对书一时提不起兴趣该如何？明白读书的重要已经太晚怎么办？读的时候悟性太差又该怎样对治？每个想读书却不得其法的人，是不是都有如上的种种问题？这样的问题，也是"久矣夫千百年来已非一日矣"，朱熹恐怕就没少遇到（对他这样层次和声名的人来说，只会更多）人来问，或许因此他才会跟学生说："读书……只认下着头去做，莫要思前算后，自有至处。而今说已前不曾做得，又怕迟晚，又怕做不及，又怕那个难，又怕性格迟钝，又怕记不起，都是闲说。只认下着头去做，莫问迟速，少间自有至处。既是已前不曾做得，今便用下工夫去补填。莫要瞻前顾后，思量东西，少间耽搁一生，不知年岁之老。"

读到这段话的时候，我忽然记起一件事来。一次讲座之后，有人问讲课的老师，我想努力读书，您觉得应该怎么做才对呢？老师回答说，努力没用的。问的人一愣，继而问，那您的意思是不必努力了？不努力更没用，老师接着回答。问话的人一时没了方向，讪讪地坐了下来。我在旁边听了这问答，自此便多了件心事——在问答的缝隙里，什么才是对的呢？现在有了朱熹这段话，我在想，是不是可以尝试着把这话作为对的方式呢？进一步推求下去，是不是可以说，那个提问的人，或许问题本来就提错了。如果已经努力读书，本身就已经在做应该做的，哪里还有另外的心思呢；如果还没有努力，当然就谈不上对错了。再进一步，提问者如果就自己努力读书之后的心得向老师请教，那会不会更为直接而有效？沿此再进一步，或许提问者的问题本身才是读书应该解决的，把心力收束在这个地方，"莫要瞻前顾后，思量东西"，问题或许就会消失吧——就像老师后来讲的，"有问题没答案，没问题有答案"。

我很想确认，上面朱熹的话和老师的那番回应，可以作为最好的读书法，此外不需要寻找另外的路径了。可我也很担心，这样的想法恰恰是自作聪明寻找出来的不可靠捷径。何况，人的资质和境遇各不相同，大部分人——尤其是资质相对普通的人（真的足够聪明的人，哪里需要向人请教怎么读书呢），会希望自己有个具体的把手，可以借此往高处宽处走去。也果然就有人这样问过朱熹："问性钝，读书多记不得。（答：）但须少看。熟，复子细推求义理，自有得处。"这话看起来无甚奇特处，平实得让人心生疑虑，世上真有性钝的人能读书有得？

时举（朱熹弟子）云："某缘资质鲁钝，全记不起。"先生曰："只是贪多，故记不得。福州陈晋之极鲁钝，读书只五十字，必三百遍而后能熟。积累读去，后来却应贤良（古代选拔人才的科目）。要之，人只是不会耐苦耳。凡学者要须是做得人难做底方好。若见做不得，便不去做，要任其自然，何缘做得事成？切宜勉之。"

大约有十年时间，我始终困扰于一个问题不能自拔，即我是不是适合走读书这条路。如果不是天生的读书种子，每天在书的外围打转，无法深入以求，却扮演喜欢读书的样子，岂不是玩物丧志？这情形要到我遇到一个特殊的机缘才得以缓解，现在看，也不妨用朱熹举的这个例子作榜样。我还记得我读到这个例子时的激动，仿佛陈晋之是一类特殊的先知，以其鲜烈的鲁笨者形象，在因资质而遇到的精神荒野里走出一条路来，提示出性钝者读书有得的可能性。《论语·雍也》子曰："能近取譬，可谓仁之方也已。"朱熹的这种举例方式，大约就是"能近取譬"的绝好诠释吧。

上面的情形大概还可以稍做推广，即不用先确认自己是性钝还是性利，只根据自身的情况与世界或书相处，遇到问题，则"因其势而利导之"，"遇富贵，就富贵上做工夫；遇贫贱，就贫贱上做工夫"，遇聪明就在聪明上做工夫，遇鲁钝就在鲁钝上做工夫，不用拿出多余的精力去思量分别，提前用性钝之类为自己的不成功找理由，而是沿着自己性情的方向专心读下去。如此，书或许会在某些瞬间敞开自己紧闭的大门？

三

前些日子跟一个朋友见面，他很郑重地跟我说，他忽然不知道身处的环境是不是还需要写作，如果写，要写些什么才好。我愕然，一时不知道如何回应。后来，我偶然翻开阿兰·布鲁姆《美国精神的封闭》，在临近结尾的地方看到一段话，觉得可以回应朋友的问题，便抄下来送了给他："一位认真的学生在读完柏拉图《会饮》后，陷入深深的忧伤之中。他说，难以想象那种神奇的雅典氛围还会再现。那时人们友好和睦，富有教养，朝气蓬勃，珍视相互间的平等关系，既文明开化又富于自然情感，聚在一起谈论他们的理想和追求的意义。然而，这种体验总是可以得到的。实际上，这场戏剧性的对话恰恰发生在一场可怕的战争期间，雅典已经注定陷落，阿里斯托芬和苏格拉底至少能够预见到，这意味着希腊文明的衰落。但面对如此险恶的政治环境，他们并没有陷入文化绝望，而是尽情享受着自然的欢乐。这恰恰证明了人类最优秀的生存能力，证明了人独立于命运的趋势，不屈从于环境的胁迫。"

人们很容易对自己置身的时代不满，即便生活在黄金时代，也"总是四处抱怨一切事物看起来多么的黄"。可细想一下就差不多可以明白，精神性的对话，阅读和书写等精神活动，可能永远无法自如地挑选时空。无论我们准备得如何充分，最后，恐怕都不得不迎头遇上那些必然的艰难时刻。

不用说阿兰·布鲁姆提到的险恶环境，即便是一本稍微艰难些的书，都需要一点克服的力量，因为"人是靠辛苦的陶冶而成其为人的"，精神生活上轻易获得的贫薄快乐往往"令人生厌——它败坏了那开头艰涩、终而美妙的精神事物的滋味"。何况，即便通过努力弄清楚了某些书中深含的意蕴，写出那些伟大的书的伟大心灵，"在最重要的主题上并不都告诉我们相同的事情；他们的共存状况被彼此的分歧，甚至是极大量的分歧所占据"。大概不妨说，几乎在读书过程每一个可能的点上，都有艰难伴随。

　　或许，在准备进入一本可能艰难的书的时候，我们需要问自己："我是不是愿意像澳大利亚的矿工们一样生活？我的丁字镐和铲子是不是完好无损？我自己的身体行不行？我的袖口卷上去了没有？我的呼吸正常吗？我的脾气好不好？"在询问过程中，读某本书之前，人其实已经进入自我调整状态，也即已经达到了跟读书相似的自我校正状态——这大概才是读书的意义所在。读书，并非捧着一本书摇头晃脑才算，阅读前对艰难所做的精心准备，阅读后对所读之义的反复思量，都可算读书状态。这种状态聚集起的能量，便如朱熹说的那样，"如天地之气刚，故不论甚物事皆透过"。因此，人"凡做事，须着精神。这个物事自是刚，有锋刃。如阳气发生，虽金石也透过"，"若只遇着一重薄物事，便退转去，如何做得事！"这阳气发生般的能量，不妨看成克服艰难时"刚决向前"的意气和锋芒，会给人一种痛快淋漓的感觉。朱熹说上面一番话的时候，居然罕见地举起了酒，说"未尝

189

见衰底圣贤"。读到这里，我几乎能看到朱熹宽和外表下锐利而饱满的一笑。

卡夫卡曾在自己的一个八开本笔记里写过："人类的主罪有二，其他罪恶均由此而来：缺乏耐心和漫不经心。由于缺乏耐心，他们被逐出天堂；由于漫不经心，他们无法回去。也许只有一个主罪：缺乏耐心。由于缺乏耐心他们被驱逐，由于缺乏耐心他们回不去。"把这个意思挪到读书上来，上文所说的勇猛精进，恐怕只是克服阅读艰难的一种方式。因为艰难总是与读书长时间相伴，故此在勇猛之外需要济以耐心："读书别无法，只要耐烦子细，是第一义也。""读书需要耐烦，努力翻了巢穴。譬如煎药，初煎时须着猛火，待滚了，却退着以慢火养之。""为学、读书，须是耐烦细意去理会，且不可粗心。若曰自有个捷径法，便是误认底深坑也。未见得道理时，似数重物包裹在里，许无缘可以便见。须是今日去了一重，又见得一重；明日又去了一重，又见得一重。去尽皮方见肉，去尽肉方见骨，去尽骨方见髓，使粗心大气不得。"

我很担心上面的说法过于强调读书的艰苦了，因而会坏掉一些人读书的好心情——如果读书只是不停地克服艰难，没有实质性的身心安顿，人怎么会又怎么能愿意去读书呢？我想起老师在讲《诗经·风雨》的时候曾说过："风雨是天地，环境为乱世，鸡鸣知时而报晓。'鸡鸣喈喈'就是信心，然而单凭信心还不够，还要看到确实的人，这就是'既见君子'。鸡不停地鸣叫，一定要叫破黑暗，引出曙光，把晴朗的天召唤出来。鸡鸣是上达之象，从没有希望中真正找到希望，必须把握到实质性东西，也就是处于阴阳变化中的君子。阴阳相配，性命相合，得到物质上的支持，生理上的反应变了。"读书恐怕也是如此，要把握到实质性的东西，读书才不是消耗多余精力的消遣，而是变成一种精神上的负熵，在某个特殊的点上为人补充真正的能量——

　　凡看文字，端坐熟读，久之，于大字旁边自有细字迸出来，方是自家见得。

　　今看文字未熟，所以鹘突，都只见成一片黑淬淬地。须是只管看来看去，认来认去，久之，自见得开，一个字都有一个大缝罅。今常说见得，又岂是悬空见得！亦只是玩味之久，自见得。文字只是旧时文字，只是见得开，如织锦上用青丝，用红丝，用白丝，若见不得，只是一片皂布。

　　学者初看文字，只见得个浑沦物事。久久看作三两片，以至于十数片，方是长进。如庖丁解牛，目视无全牛，是也。

　　读书，须是看着他那缝罅处，方寻得道理透彻。若不见得缝罅，无由入得。看见缝罅时，脉络自开。

　　长期读书有所会心的人，看到朱熹的这些话，肯定会觉得亲切吧？读一本有品质的书，往往先是不得其门而入（都只见成一片黑淬淬地），每个字都认识，却无法读懂其最核心的内容。认真地读下去，某个瞬间，字与字之间（大字旁边）现出缝隙（缝罅），另外的字跳出（有细字进出来），这句话豁然开朗，读的人切切实实从句子中获得能量，身心有所振刷。继续认真读下去，细字开始在每句之间进出，那本看起来一片混沌的书（一片皂布，浑沦物事），开始显现出自己的内在结构，一点一点（用青丝，用红丝，用白丝；久久看作三两片，以至于十数片）清晰起来，夺人的光芒从整体灰扑扑的文字中跃动而出（如庖丁解牛，目视无全牛）。读的人感受到来自精神深处的透彻之光，由此照亮心中原本昏暗的一隅，内心的某处获得无比绝对的休息，从而脉解心开（脉络自开），身心为之舒展。

这个状态是不是足够吸引人？读书到这一步，是不是会感觉到心中充满力量？可是，我非常担心描摹出的这种情形，最终会变成一个原本出色的读书人的化城。因深入阅读而来的身心舒展之感，应该随着读书深入自然出现，描摹出来，很容易把人的专注力误导到追寻这个状态上去，反而丢了朱熹一直强调的沉潜踏实功夫，因而成为进一步读书的巨大障碍。"月明帘下转身难"，为了避免卓越的读书人耽溺在这美好的境界里，再次强调读书必须先切己与踏实，或许不是一件多余的事。

　　柏拉图《阿尔喀比亚德》中，苏格拉底以一贯的方式提问："认识自己不是件容易的事呢，还是像获得德尔斐神庙的铭文那样轻而易举，抑或艰难而非所有人的事。"继而接着说："无论那是否容易，于我们而言都意味着：认识了我们自己就知道了关心我们自己，不认识就永远不知道。"有人从这个说法推断，"关心自己本来是苏格拉底—柏拉图认为恰当地对待自己的方式，但为了能够关心自己，首先就要知道什么是真正的'自己'，然后才知道如何加以关心"。这一"认识你自己"问题，因其来源的神圣及苏格拉底对其意义的丰厚赋予，一直盘旋在西方思想的关键位置，在很多精神世界的关键时刻成为纠正性的力量，不至于让某些头脑游戏把人带走得太远。

　　作为此一神谕的中国对应，则可以举出《论语·宪问》子曰："古之学者为己，今之学者为人。"孔安国注："为己，履而行之。为人，徒能言之。"朱熹《集注》引程子云："为己，欲得之于己也。为人，欲见知于人也。"并加按语："圣贤论学者用心得失之际，其说多矣，然未有如此言之切而要者。于此明辨而日省之，则庶乎其不昧于所从矣。"在谈到读书时，更是于此义反复提撕："今之学者不知古人为己之意，不以读书治己为先，而急于闻道，是以文胜其质，言浮于行，而终不知所底止。""学者之病，在于为人而不为己。

若实有为己之心，但于此显然处严立规程，力加持守，日就月将，不令退转，则便是孟子所谓"深造以道"者。"只是，在体味"认识你自己"和"学以为己"的时候，不知是否有人跟我有相似的疑惑，什么才是正确地认识自己和为己的方式？有没有提示性的把手可供参考？舍近求远查了很多书，仍然没能释疑，倒是这次在《朱子读书法》里，看到不少例子，或许可以作为有益的借鉴——

> 读书不可只专就纸上求义理，须反过来就自家身上推究。秦汉以后，无人说到此，亦只是一向去书册上求，不就自家身上理会。自家见未到，圣人先说到那里，自家只借他言语来就身上推究始得。
>
> 入道之门，是将自己个身入那道理中去，渐渐相亲，与己为一。而今人道理在这里，自家身在外面，元不曾相干涉。
>
> 圣人说话，岂可以言语解过一遍便休了？须是实体于身，灼然（清楚）行得，方是读书。

经历过新文化运动洗礼的现代人，看到圣人、道理这样的词，心里会生出些厌倦来吧？那不妨试着把"圣人"换成"伟大的心灵"，把"道理"换成"哲思"，或者其他别的什么，是不是感觉就好了一些？其实每个不同时空中都会有名相的多种变化，即如先秦论道，宋明言理，西方说哲学，儒家称圣，释教称佛，西方称哲人，不妨都看成对某些高端思维或达至某些思维级别之人的尊敬，不用先在心里存个成见。慢慢消除了名相造成的滞碍，古人或异域人的很多话，其实一直跟我们相通。朱熹上面的话，差不多就是"古之学者为己"（"认识你自己"）的反复解说——要全身心投入那些卓越的书中，与其所言相亲，把读书所得在自己身上推究，并见之于行事，这才称得上读书。舍此而往，只在纸上辗转，恐怕不能算真正的读书。

不过，上面所说的名相转换有一个致命的危险，即非常容易把现代（变得单向化的）语言置放进古人的言语中，因此怎么想都不过是在自己固有的思维里翻筋斗，无法真正"身入"古人世界。更有甚者，贸然以己意为古人之意，或者立异以为高，就更加失去了读书的可能意义。朱熹敏锐地注意到了这一问题，因此反复向学人申说："学者观书，且就本文上看取正意，不须立说，别生枝蔓，惟能认得圣人句中之意乃善。""今人观书，先自立了意后方观，尽率古人语言入做自家意思中来。如此，只是推广得自家意思，如何见得古人意思！""今来学者（读书）一般是专要作文字用，一般是要说得新奇，人说得不如我说得较好，此学者之大病。"读朱子这些话的时候，我觉得几乎句句中己之病，不免汗涔涔而下。

仔细思量，不管读书还是学习，是因为曾有一些伟大的心灵曾走到了险峻的思想山峰或开阔的精神平原，我们平日无缘得见，只好借书中的话尝试跟随他们到那些地方去，以此来校正自己的庸常与狭隘，"所以读书，政恐吾之所见未必是，而求正于彼耳"。如果读来读去只不过读出来一个封闭的自己，那益处恐怕也就有限了。朱熹举苏洵读书为例："老苏自述其学为文处有云：'取古人之文而读之，始觉其出言用意与己大异。及其久也，读之益精，胸中豁然以明，若人之言固当然者。'"这就是读书祛除私意的过程："逐字逐句只依圣贤所说，白直晓会，不敢妄乱添一句闲杂言语，则久之自然有得。"有了这个得，人才能通过读（经典）稍微调整自己思维的运行轨迹，以期脱离窠臼，走进可能的精深思想领域，用朱熹经常引的张载的话说，就是"读书有疑，当濯去旧见，以来新意"。

　　如此不断校正自己，去旧见而来新意，则书中的"道理与自家心相肯"，见得那些伟大的心灵"如当面说话相似"，恐怕才是读书有所深入的标志。经过这样的校正和梳理，书才不是逝去者的遗迹，而可以觌面相见，数百数千年的时间，差不多只是一瞬。"一旦我们对生命所知更多，莎士比亚就会进一步评论我们对世界的理解。"那些伟大的书，只要以特有的小心去反复阅读体味，就会不经意间参与我们日常的讨论，"如见父兄说门内事，无片言半词之可疑者，什八九也"，从而让我们得以跟随伟大的心灵一起解决面临的诸多问题。是的，我想说的是，人有时候正是因为置身于这样一条长河，才能看到生生不息的力量，才不会时时感觉空虚寂寞。

五

文章写到这里，原本应该结束了，但后来想起一个问题，还是觉得应该再说几句。自汉代佛教传入，加之中国原生的道教不断吸取各家的内容，出世间法在唐宋之后越来越有兴盛之势，儒家为保持自家位置，难免对此有所防范。这也就不难理解，在朱熹谈论读书法的文字里，或许是出于后人的有意，或许朱熹本人就有此意，主要谈论的是四书五经，基本上排斥了佛、道的内容，偶有提及，也殊无表彰之意。翻看朱子其他各种文字，关于佛、道的内容也算不上多，排斥的部分也远远大过肯可。当然，很少有人或学说在跟对手的交锋过程中完全不被对方影响，唐宋（甚至更早）的儒家当然也如此，面对佛道造成的巨大压力，一方面以力辟的方式拒斥，一方面也不断吸收对方的优点，甚至有些地方已经分不清其究竟来处。

即如朱熹，从儒家经典里特为突出"四书"，就应该带有回应并吸收二者思想的意味——如果不是有自己置身时代的迫切需要，朱熹这样对圣贤之言无比推重的人，哪里需要抛开更权威的"五经"而倡导"四书"呢？可就是这样的朱熹，早年曾学道学禅，"出入于释老十余年"，晚年还化名空同道士邹䜣而作《周易参同契考异》，不但考证精审，且"于内丹之理能味乎其身"。也就是说，在讲授过程中总体上排斥佛道的朱熹，自己读书却并不局限于儒家，说不定早岁的十数年间已然形成了自己的判教。这差不多等于给后来的我们出了一个极大的难题——我们该不该跟随朱熹推荐的书而且按他的方法来读呢？忘掉了朱熹自身的知识来源，读书的航道会不会越来越窄？

列奥·施特劳斯曾在某处说："我们应当倾听的最伟大的心灵并不只是西方的。妨碍我们倾听印度和中国的伟大心灵的仅仅是一种不幸的被迫：我们不懂他们的语言，而且我们不可能学习所有的语言。"生逢如今这时代的我们，遇到的差不多是跟施特劳斯反向的相似难题，或者，这里说的几乎是每个爱好读书的人都不得不面对的境况——根据变化的世界情境选择读书的种类和方式，几乎是读书人的天然命运。我们现在应该倾听的伟大心灵，早已不只是古代的儒释道，也包括西方及起源于其他地域的各种各样作品。即便通过翻译和其他有效的学习途径，有机会听到这些伟大心灵的声音，我们又该相信哪些，不相信哪些呢？朱熹和其他先贤提供的读书方法，是否必然要经过一次艰难的现代损益？损益的方法又是什么呢？

如果我没领会错，除了某些极为特殊的机缘，解决读书遇到难题的途径之一，应该是继续读书。比如我对上面的问题一筹莫展，就寻出朱熹反复提示先读的《大学》来看，翻到朱熹写定本的第二章，忽然觉得此前的郁塞有松动的迹象，隐隐感受到了点儿振奋的能量。那就不妨抄写下来，以此作为包括读书在内的每个一筹莫展时刻的提醒——

汤之《盘铭》曰："苟日新，日日新，又日新。"《康诰》曰："作新民。"《诗》曰："周虽旧邦，其命维新。"是故君子无所不用其极。

乾坤浑白尽，一树不消青

——读字记

　　有些书，你早就期望重读，只仿佛隔了一层薄纸，要有个因由来捅破。今年春节后，《阿城文集》出版，就给了我这么一个好因由，又将阿城把来详过一遍，几乎看破了他不衫不履背后的拳拳之心。意犹未尽，便从书架上找出阿城推荐的孙晓云《书法有法》来看。

　　孙晓云谈的，是古人相传的"转笔"之妙，即在书写过程中，不用捺笔，在纸上转动笔杆，把散开的笔锋捻拢，提高写字效率。以此来看现在对很多书法名言的理解，往往南辕北辙。比如王羲之的"意在笔先"，并非只说书写之前构思整幅字的布局，而是字字考虑，"在落笔之前，就先想好手势的安排，笔是先左转再右转，还是先右转再左转，要安排得顺手，'向背'分明，'勿使势背'。若上一字收笔是'背势'，下一字的开始必以'向势'；若上一字收笔'背势'未尽，下一字可将余势用尽，或在空中完成"。如此，几乎人人耳熟能详的"书空咄咄""胸有成竹"，其根蒂，都牵连到这个具体的技术问题。因有拨云见日之妙，我连带也就信了阿城的话，这书对不练书法的人来说，"也许收益更大，因为你开始能实实在在地进入鉴赏了"。

我找出自己过去收集的字帖，又从网上购置了一批，攒出点闲暇就翻翻，有时在地铁上，还打开微拍堂的书法频道乱看。结果呢，在诸多大名鼎鼎的字帖里，除了《书法有法》提到的几幅，我几乎没有看出另外作品的转笔之妙。渐渐也就明白，这些帖子因为加了时间的封印，除非有深通其妙的人讲解，或自己在临写过程中偶然触机，是不轻易提供能量的。遇此障碍，我的注意力便渐渐聚拢在微拍的书法频道上，那里的作品有新有旧，而旧作品也因加进新的人气，仿佛多了些活力。不久，读书养成的积习就抬起头来，我开始更注意所写的内容，书法倒成了其次的事情。

书法的世界，当然跟我们的日常世界一样，最多的题材是福禄寿喜，吉祥如意，书山有路，学海无涯，诚信赢天下，大鹏展翅飞。内容偏古代的，以1970年代末为界，其后的作品，自佛教取材，以《心经》和《金刚经》的四句偈最受欢迎，也往往看到六字佛号，看到《坛经》的"菩提本无树，明镜亦非台。本来无一物，何处惹尘埃"。一旦是诗词，则以唐宋为多，王维、李白和苏轼最为多见，且多是教科书上的那几首。偶尔会有人写幅陶渊明，屈原已经罕见，《诗经》更是绝无仅有。看多了，便不免有些起厌心，再好的东西也经不住重复对吧？何况大部分时候，作品里有一股未及修饰的隐逸气息，仿佛脏油泼在了纸上，内容的一点明亮，全被遮没了。直到有一天，看到一幅写在手工老皮纸上的字，内容来于《五灯会元》，是茶陵郁山主的悟道偈："我有神珠一颗，久被尘劳关锁。今朝尘尽光生，照破山河万朵。"不多见的六言，意思绝好，加之笔墨疏宕，几乎让人看到了透尘而出的神珠之光。

1970年代末之前，或1950年代之前，微拍堂里号称日本或别的地方回流的书法作品，虽多是成辞，却也时有可观。比如，常有德川家康的遗训出现："人之一生，如负重远行，勿急。常思坎坷，则无不足。心有奢望，宜思穷困。忍耐乃长久无事之基。愤怒是敌，骄傲害身。责己而勿责于人。自强不息。"宽而栗，直而温，于谨慎戒惧之中，能见出勤勉不倦的生生之力。另有一次，我看到过"深奥幽玄"挂轴，此四字原在日本棋院的特别对局室"幽玄之屋"悬挂，为川端康成所书，我见到的虽是临本，却能不失其沉郁雄厚。只是，这原本属人的围棋的朴茂之思，现已受到了人工智能的强大冲击，幽玄之屋会在这冲击之下安然无恙否？若起川端于地下，他会怎样看待这件事呢？

我最喜欢的两件有来处的作品，一件是"寂默光动大千"，虽没找到具体出处，很怀疑暗用了《维摩诘经》："于是，文殊师利问维摩诘，我等各自说已，仁者当说，何等是菩萨入不二法门？时，维摩诘默然无言。"虽曰无言，那惺惺寂寂的静默之光，在大千世界跃动不已。另外一件，是"大行者则称无碍光如来名"，出自日本净土初祖亲鸾的《弥陀如来名号德》："阿弥陀佛者，智慧光也，此光名无碍光佛也。所以名无碍光者，十方有情之恶业烦恼心不能遮障，无有隔碍故，名无碍也。"于阿弥陀佛本义的无量寿无量光之外，别出"无碍"一解，可令善疑者信力坚固。沿着这无碍，我不免想到《圆觉经》中的一段话："善男子，一切障碍即究竟觉。得念失念，无非解脱。成法破法，皆名涅槃。智慧愚痴，通为般若。菩萨外道所成就法，同是菩提。无明真如，无异境界。诸戒定慧及淫怒痴，俱是梵行。众生国土，同一法性。地狱天宫，皆为净土。有性无性，齐成佛道。一切烦恼，毕竟解脱。法界海慧，照了诸相，犹如虚空。此名如来随顺觉性。"这如来随顺觉性极高明，有不增不减不可思议之妙，常人绝难企及，却又不知为何，读之能给人深广的信心。

成辞之外，有些写字人自创的诗句，与书法一起，均能见出性情。比如署名"斗室"的一幅："牛角蹒跚行路难，任他尹喜得相看。谁知道德留言日，身结姓名落异端。"字写得很有力，却略显不够洒脱，仿佛作者像诗中的老子，本该骑牛绝尘而去，却在西行之路上坎坎坷坷，忧心忡忡，被周围的什么牵绊住了的样子。署"古香叟"的一幅，字用板桥体，起首两句，大有脱俗之感："老梅尘外赏，炼魂冰玉清。铜瓶春如影，纸帐月无声。"惜末两句稍弱，有点堕入文人鉴赏品呷的小趣味里。我最喜欢的自创诗句，作者是小野湖山（1814—1910），明治初期名震日本汉诗坛的"三山"之一，与中国文人交游甚广，时与王韬、俞樾、黄遵宪等相赠答。我看到的这首，写于其九十六岁之年，题为"雪中松"："何羡百花艳，贞名终古馨。乾坤浑白尽，一树不消青。"黄遵宪曾言其"中年七律，沉着雄健，剧似老杜，尤为高调"。从这首诗来看，前句工稳，后句振拔，不似杜甫的雄健，倒有些杜牧的清丽。字也饱满圆润，或许其于衰年尤能变法，刚而能柔，于晚岁现此勃勃生机，锐气仍如新发于硎。

当然，如我看到的一幅今人书写的翁同龢所撰对联，"每临大事有静气，不信今时无古贤"，用不着厚古薄今，现代人的作品里，也时有令人警醒的话——即便是抄的，选什么抄，也需要见识对吧？

我就看到一个书写者，有段时间，每日以一纸马可·奥勒留《沉思录》为功课。有天看到其中一节："若你为周遭环境所迫而心烦意乱，要让自己尽快恢复到正常的状态，不要继续停滞在烦躁之中。只要你不断地恢复到本真的自己，你就能获得内心的和平与安宁。"这题材，是过去人绝不会用的吧，我却觉得堪称调节现代心理的良药，张于室内，可与"应无所住而生其心"合参，时时提醒自己不要陷入恶劣心绪之中，善养一己贞静之气。又一日霾大，偶见有人书某经书中语："你将见到有烟雾漫天的日子，那烟雾将笼罩世人，这确是一种痛苦的刑罚。"真像是某种奇特的预言，而这样的文字，恐怕也是过去人不会抄录的吧？

还有一些作品，虽引的是前人成句，却因为过去未读不知，或因为已读而未留意，单独写出来，就仿佛"把一个游手好闲的人从桎梏中解救出来"，让人忽然间明白了点什么。

比如我看到过一件作品，写的是"奇龙逸凤久漂泊"，读题款，知是康有为的话。我吃了一惊，这几几乎是他一生的谶语对吧？如果不怕被指为比附，我甚至要怀疑喜欢写"龙"写"凤"的另一个有争议的近代人物，其书法和思想来源，就在这里。另有一件，写的是谢无量《题屈原像》中语，"要识风骚真力量，楚声三户足亡秦"。一句之内而有开阔的时空，无能的文学因复合了时代风云，有了弥满的力量。字呢，墨气淋漓，一气灌注，几乎能透纸看见楚大夫行忧坐叹的样子。

　　还有一次，我看到一幅写于1977年的字，出自朱熹《劝学文》："勿谓今日不学而有来日。"考虑到当时的社会情形，署名"昌原"的这个人，想的是什么呢？他是不是觉得自己已经因各种并非自己的错误耽误了太多时光，有些委屈，有些无奈，却并没以此为由任自己荒废下去，而是引朱子语自警，就从今天开始，直接走自己的向学之路。这条向上的路不接受借口，正如一幅写《淮南子》的字所言："谓学不暇者，虽暇亦不能学矣。"就是这样，那些沉默的字，如我所见的另一件作品，"无舌而说"，一直在提醒着我们什么。

后　记

　　写《诗经消息》的时候，我自以为看到了古人在言辞中建立的精美教化系统，并且有维护这系统运转的严密方式，为此振奋不已。书出来之后，相识或不相识的朋友传递来一些想法，其中最经常的一个是，古代真有你说得那么好？你是否有意无意间有所美化？我确信自己没有美化，但也会跟朋友解释，这一教化系统只是言辞中的城邦，并非既成事实，系统真正对世界起作用，需要我们根据时代不断有所损益。

　　解释虽然能解释，但我自己也不禁生起了怀疑的念头——这一言辞中如此精美的系统，在古代曾经起过作用吗，它在崎岖起伏的现实中会是什么样子？念头一经产生，就怎么也停不下来，我想找到一个方法来探测这样子到底如何。苦思不得之际，忽然记起金克木有篇《"古文新选"随想》，谈到的七篇文章"包含着有中国特色的逻辑思想和文体"。于是就翻出来看，想，是不是可以从古代挑选几篇与当时现实密切相关的文章，探测那完美的教化系统如何在其中起作用的呢？金克木选了秦、汉、六朝、唐、宋、清六代的文章，我也可以尝试从先秦到晚清挑选出几篇文章来，看看它们在具体现实中是怎样的形状，岂不就是那精美系统落地之后的样子？

这一写不打紧，涉及具体现实的文章需要辨析和谈论的内容太多，开始的《檀弓》，一不小心就写了两篇；原本只想写篇谈论《谏逐客书》的文章，最终竟就李斯问题写了四篇；关于汉武帝的《轮台诏》，也从计划的一篇变成了两篇。本来想写的诸葛亮《出师表》、阮籍《大人先生传》、唐太宗《圣教序》、王安石《答司马谏议书》、曾国藩《求阙斋记》，就都没有来得及写。其实也未必是没来得及，而是在列提纲时，我发现这些文章涉及的问题更多，要处理的历史和思想问题更复杂，只好顺势停下，期望以后相关知识和思考更完善时再来。尽管如此，正文之外仍然放进了三个附录，或者是一个文章的例外，或者是一种世间的可能，总之也算没有脱离书名。

正因为这本书谈论的，都是与历史中的现实相关的文章，牢牢生长在人世间，就命名为"世间文章"；又因为这些文章只完整计划的一半，原则上应该叫作"上编"。不过后面的一半是否能够写出，恐怕要看自己的能力和各种时机，因此也就省去了这个照例的虚晃一枪。

当然，这些计划中的文章没有最终完成，其实也不完全是前面说的原因。在写作过程中，我一边对照历史，一边观察自己置身的现实，忽然生出一个迫切的愿望，想写点跟此前文章不太一样的东西，以此检验我的所历、所学和所思。虽然还不知道写出来的东西会是什么样子，也不知道这写作会不会坚持下去，但"目前无异路"，就且试试再说吧。

基于以上种种原因，现在，这本小册子就暂且这个样子了。

2019 年 12 月 8 日

图书在版编目（CIP）数据

世间文章 / 黄德海著 . -- 北京：作家出版社，
2021.1

ISBN 978-7-5212-0923-5

Ⅰ．①世… Ⅱ．①黄… Ⅲ．①随笔-作品集-中
国-当代 Ⅳ．①I267.1

中国版本图书馆 CIP 数据核字（2020）第 066920 号

世间文章

作　　者：黄德海
责任编辑：李宏伟
装帧设计：合和工作室
出版发行：作家出版社有限公司
社　　址：北京农展馆南里 10 号　　邮　　编：100125
电话传真：86-10-65067186（发行中心及邮购部）
　　　　　86-10-65004079（总编室）
E-mail: zuojia@zuojia. net. cn
http://www.zuojiachubanshe.com
印　　刷：三河市紫恒印装有限公司
成品尺寸：130×185
字　　数：148 千
印　　张：7.25
版　　次：2021 年 1 月第 1 版
印　　次：2021 年 1 月第 1 次印刷
ISBN 978-7-5212-0923-5
定　　价：48.00 元